KB262471

주인님,
나의
주인님

* 이 도서의 국립중앙도서관 출판시도서목록(CIP)은 e-CIP홈페이지(http://www.nl.go.kr/ecip)와 국가자료공동목록시스템(http://www.nl.go.kr/kolisnet)에서 이용하실 수 있습니다.(CIP제어번호: CIP2012004849)

* 이 책은 서울문화재단 창작기금의 지원을 받아 출간되었습니다.

주인님, 나의 주인님

전아리 소설집

은행나무

차례

수록 작품 발표 지면

작가 지망생 〈현대문학〉 2012년 5월호

오늘의 반성문 〈현대문학〉 2011년 1월호

재이 〈문학과사회〉 2011년 가을호

플러스마이너스 〈현대문학〉 2010년 7월호

K 이야기 〈실천문학〉 2009년 여름호

쥐 〈한국문학〉 2012년 가을호

거울 속으로 2007년 '연세문화상' 당선

클럽 구즈 'KT&G 상상마당' 웹진

작가 지망생

차가운 유리잔 표면에 물방울이 맺히듯 밤하늘에 별이 돋는다. 마당 수돗가의 고무대야 속에서 배추 숨이 죽는다. 액젓을 쏟은 흙바닥에서는 비릿한 짠 냄새가 스멀스멀 기어오른다.

여자가 또 일을 벌였다. 어쩐지 오전 내내 책상 앞에 앉아 있는 모습이 쑤셔 보인다 했다. 그녀는 배추 파는 트럭이 확성기를 울리며 지나가자 벌떡 일어나서 뛰쳐나가더니 기어이 배추 30포기를 사들였다.

"선생님이 그러셨어. 음식을 만드는 거랑 글 쓰는 건 같은 일이라구. 재료를 다듬고 간을 맞추는 일이 다 글 쓰는 일이랑 같다고 말이야."

여자는 배추를 다듬는답시고 싱싱한 이파리를 모두 떼어내며 종알거렸다. 그녀는 배추 30포기를 소금에 절여두고는 책을 한 권 뽑아와 계단 난간에 걸터앉았다. 하지만 책장에 시선을 붙이는 것도 잠시였다. 배추가 덜 잠긴 것 같다고 소금물을 버스럭거리며 뒤적이고 오더니, 다시 책을 붙들고 앉은 지 5분도 채 못 되어 이번에는 옷에 붙은 보푸라기를 떼어내는 데 열중하고 있었다. 얼마 지나지 않아 무릎에 코를 찧을 기세로 꾸벅거리던 그녀는 해 질 녘에서야 제풀에 화들짝 놀라며 깨어났다.

여자는 난간 사이에 떨어진 책을 주워 올린다. 양푼에는 잘 저어두지 않아서 가루가 덩어리진 찹쌀풀이 나무 검불 붙은 채로 말라가고 있다. 김치를 담그겠다고 한바탕 푸닥거리를 한 걸 까맣게 잊고 있었던 듯 막막한 얼굴이다. 고무대야 앞으로 다가가 마치 못 만질 것을 만지듯 엄지와 검지로 배춧잎을 집어 올리는 손길을 보니 이미 김치를 담글 마음은 산 넘고 물 건너간 듯하다.

"하룻밤은 더 절여둬도 괜찮겠지."

여자는 빈 양푼에 양념 통들을 대충 담아 감나무 아래 밀어두고는 손을 털며 집 안으로 들어간다.

오늘은 여자가 들어온 지 스무날, 할머니가 더는 이런 꼴을 보며 못 살겠다고 짐을 싸들고 나간 지도 꼭 그만큼 되는 날이다. 강연하러 일주일간 목포에 내려갔던 할아버지는 참조기 두 두름과 말린 문어 한 코와 함께 여자를 데리고 왔다. 소설을 배우기 위해 목포에서부터 따라온 문하생이라고 했다. 그녀는 강연회를 주최한 학교 측 학생은 아니었지만, 할아버지의 광팬을 자처하며 뒤풀이까지 참석했다고 한다. 막걸리집에서도 할아버지의 옆자리에 비집고 들어가 밤이 늦도록 자리를 지킨 모양이었다. 여자는 이마가 좁고 코가 낮아서 결코 예쁜 편은 아니었다. 그러나 큼직한 눈에 쌍꺼풀이 깊게 패여 얼핏 보기에 귀엽다는 인상을 주는 얼굴이었다. 나이는 스물여섯. 몇 해째 신춘문예에 응모했다가 낙방한 작가 지망생. 할아버지는 글을 가르쳐주겠다며 그녀를 집까지 데리고 온 것이었다. 여자는 제가 비록 젊은 나이이긴 하지만, 이미 산전수전 다 겪으며 전국 방방곡곡 안 가본 데가 없다고 했다. 이제껏 자기 살아온 이야기만 글로 풀어도 소설책 다섯 권은 족히 나올 터인데 글솜씨가 부족한 게 답답하다며 가슴을 쳤다.

할머니는 할아버지 뒤를 졸졸 따라 대문간을 들어서는 여자를 보자마자 짐을 싸기 시작했다. 이제는 동네에 얼굴 들고 다니기가 남우세스러워 못 견디겠다고 했다.

"내가 뭔 죄가 있어 한평생 저 난봉꾼 뒤나 닦아주며 살았는지."

　오래전 할머니가 갓 시집을 와서 두 해도 넘기지 않았을 무렵에 할아버지는 서울에서 세련된 처녀를 데리고 내려왔다고 한다. 잘록한 허리 라인이 드러나는 플레어 원피스에 챙이 넓은 모자를 쓰고 옻칠을 한 서랍장보다도 윤기 흐르는 구두를 신은 여자였다. 여자는 서울에서 할아버지와 같이 문예활동을 하는 시인이었다. 두 남녀는 안방에 거하게 상을 차리고 몇 날 며칠 깔깔거리며 술을 마셨다. 할머니는 산달이 다 되어 박처럼 부른 배를 안고 빈 주전자에 술을 받으러 가거나 여자의 목욕물을 받았다. 한 달이 채 못 되어 여자는 서울로 돌아갔지만, 그 일은 시작에 불과했다. 할아버지는 매해 봄이면 새로운 여자를 집으로 데리고 왔다. 나이가 지긋해지고 교수직을 맡게 되면서부터는 풋사과 같은 젊은 여자들을 문하생이라는 명목으로 집에 들여 지내게 했다.

　벗겨진 이마가 기름기로 번들거리고 불그스름한 피부에는 헐거운 전깃줄처럼 주름이 여러 겹 늘어진 할아버지가 무슨 수로 여자들을 유혹하는지는 어린 나로서도 영문 모를 일이었다. 게다가 할아버지는 썩 저명한 작가도 아니었다. 오랫동안 작가 생활을 해오긴 했지만, 젊을 때 상 하나 받았던 경력을 제외하고는 크게 문학성을 인정받거나 베스트셀러가 된 적도 없었다.

"저 영감은 죽어 재를 뿌려도 여자 살갗에 달라붙을 인간이여."

할머니는 이를 부득부득 갈며 짐을 챙겨 서울 고모네로 떠났다. 같은 시각, 여자는 2층 작은방에 짐을 풀었다. 그녀는 창밖으로 흐르는 강물을 바라보며 감정이 벅차오른다는 듯 제 앞가슴을 가만히 눌렀다.

할아버지의 2층 주택은 집이라기보다는 목재로 만들어진 커다란 배 같다. 집 안은 사계절 내내 서늘하고 오래된 나무 냄새가 떠다닌다. 벽과 천장은 소리를 빨아들인다. 아무리 쿵쾅거리며 뛰어도 발을 멈추는 순간, 기세 좋던 울림은 자취를 감추어 버리고 실내는 정적에 잠긴다. 작년 봄 엄마가 나를 맡기고 떠났을 때 나는 온종일 거실 창밖으로 흐르는 강물을 내려다보았다. 흐르는 물을 오랫동안 바라보고 있으면 내가 서 있는 집이 물을 타고 함께 떠내려가는 것 같았다. 바람이 불면 수면은 부르르 떨며 눈부시게 진저리를 쳤다. 지는 해를 바라보다가 눈을 돌리면 집 안 풍경은 멍이 든 것처럼 침침하게 번져 보였다. 엄마는 우리가 함께 살기 위해선 2년쯤 떨어져 있어야 한다고 했다. 그 무렵의 엄마는 혼자 나를 키우느라 지쳐 있었다. 영업 실적이 좋지 않은 월말에는 신경이 날카롭게 곤두섰다. 나는 빨래를 개지 않았다는 이유로 엄마의 핸드백에 얻어맞았고, 숙제하고 난 노트를 제때 치우지 않아 밤새도록 벌을 서기도 했다. 늘 마음을 졸이며 이불에 들어가 있던 서울의 반지하 방에 비하면 할아버지의 집은 고요하고 평화로웠다. 그러나 나는 때때로 이런 고요함 속에 익사할지도 모른다는 예감이 들어 두려워지기도 했다.

여자가 산책하겠다며 머리를 동여 묶고 나간다. 나는 대문이 닫히는 소리를 듣고 2층 계단을 오른다. 여자의 방에서는 그녀가 쓰는 아카시아 향의 로션 냄새가 난다. 벽에 박힌 못에는 코트 한 벌과 그녀가 자주 입는 감귤색 셔츠가 걸려 있다. 책상 위에는 모나미 볼펜을 끼워둔 노트가 놓여 있다. 여자는 소설을 쓸 땐 컴퓨터보다도 펜을 쥐고 쓰는 게 좋다고 했다. 누에가 실 뽑듯 손으로 꼭꼭 눌러가며 써야 가장 저다운 글을 쓴다고, 할아버지가 당부했다는 것이었다.

책상 앞에 앉아 두툼한 노트를 들춘다. 어제까지 몰래 읽다 만 그녀의 소설을 계속해서 읽는다. 나는 할아버지 댁에 온 뒤로 지루한 시간을 서재에서 보내는 때가 잦았다. 벽면을 메운

오동나무 책장에는 온갖 종류의 책들이 빼곡하게 꽂혀 있었다. 그중 손에 집히는 대로 책을 뽑아 닥치는 대로 읽었다. 며칠 전 책상 위에서 여자의 노트를 발견했을 때도 나는 옹달샘에 입술을 대듯 습관적으로 첫 장을 펼쳐 읽기 시작했다.

그녀의 소설은 정말이지 한심스러웠다. 첫 시작부터 수많은 인물을 등장시켜 종이 위를 시장바닥처럼 어질러두는가 싶더니 어느 부분에 가서는 노트 몇 장이 넘어가도록 제 신세를 하소연하는 독백이 이어졌다. 그럼에도 불구하고 내가 며칠째 그녀의 방에 숨어들어 몰래 노트를 펼치는 데는 이유가 있었다. 여주인공의 이야기가 마치 그녀의 인생을 고스란히 옮겨 적어놓은 일기처럼 느껴졌기 때문이다. 이야기는 전주에서 상고를 다니는 여주인공의 시점에서 시작된다. 편부 슬하에서 자라던 그녀가 교생실습 나온 대학생과 눈이 맞은 일, 교생과 남몰래 포장마차에서 술을 마신 일, 다음 날 해가 중천에 걸려 있을 무렵 깨어나니 자신은 여관에 홀로 남겨져 있고 교생은 학교에 출근해 있었던 일 등등, 소설이라 보기엔 형편없는 글이었지만 일기로서는 더할 나위 없이 솔직한 기록이었다. 내가 가장 흥미롭게 읽은 건 주인공의 성 경험이 적나라하게 적힌 부분이었다. 뻣뻣한 침대 매트리스 위에서 치러진 첫 경험을 묘사할 때 그녀는 '경훈'이라는 교생의 이름을 몇 차례나 '지훈'이라고 잘못 적었다. 남자와 처음 관계를 맺을 때의 느낌은 '입 다문 조개를 억지로 벌려 불에 달군 젓가락으로 쑤셔대는 통증'이었다가, 차차 그 짓에 익숙해지자 '참기름 바른 가래떡을 밀어 넣듯 미끄덩미끄덩 잘만 들어갔다'라고 적고 있었다. 나는 입안이 바짝 말라오는 충격 속에서 그 문장을 수차례 다시 읽었다.

잦은 만남 끝에 주인공은 임신하고 만다. 교생은 군대로 줄행랑을 치고, 그녀는 애는 지웠지만 아버지의 비난과 동네에 파다해진 소문을 견디지 못해 가출한다. 서울로 올라와 숙식이 제공되는 식당을 전전하다가 보름 남짓 일한 생선구이 가게에서 트럭 운전수와 눈이 맞는다. 미성년인 주인공보다 나이가 한참 많긴 하지만 식당 손님 중에서는 나름 젊고 멀끔한 축에 속하는 남자다. 그는 쉬는 날마다 주인공을 조수석에 태워 한강과 남산을 다니며 서울 구경을 시켜준다. 싸구려 머리핀이나 여름 샌들을 사다 주기도 한다. 주인공이 트럭 운전수의 반지하 방에 짐을 옮기고 살게 되는 부분까지 글을 읽었을 때, 마당에서 대문 열리는 소리가 들려온다. 나는 후다닥 노트를 던져놓고 아래층으로 내려온다.

"강둑에서 캐왔는데, 이거 나물 맞니?"

여자가 흙이 묻은 풀뿌리를 한 움큼 주머니에서 꺼내 내밀며 묻는다. 여자의 얼굴을 보자 나도 모르게 조개와 불에 달군 젓가락과 가래떡이 떠오른다.

"얘, 너 여기 뭐 묻었어."

그녀가 인중을 길게 늘인 표정을 해 보이며 내 입가에 손을 뻗는다. 나는 매몰차게 그녀의 손을 뿌리치고 방으로 들어온다.

"어머머, 챙겨줘도 성질이야."

여자가 기가 막힌다는 듯 내 뒤에 대고 새된 소리를 낸다. 옆집 할머니는 여자의 관상에 살이 끼어서, 사내만 보면 애든 영감이든 정신을 못 차리고 덤빌 난잡한 팔자라고 했다. 그 말이 맞는 것 같다. 노트의 뒷부분에 이르면 분명 할아버지에 대한 이야기도 상세히 묘사될 것이다. 어쩌면 나의 이야기가 언급될지도 모른다.

여자가 부지런히 항정살을 굽는다. 불판 위에 양파와 마늘이 익기 무섭게 타들어 간다. 센 불 앞에서 바쁘게 집게를 놀리느라 여자의 얼굴은 금세 벌겋게 달아오른다. 연기가 뭉게뭉게 피어오르자 직원이 다가와 불판을 갈아준다.

"선생님, 이번에 보여 드린 단편은 고쳐도 힘들까요?"

그녀는 땀에 젖은 머리칼을 넘기며 할아버지에게 묻는다. 할아버지는 고기를 먹는 둥 마는 둥 하며 술잔을 기울인다. 할아버지는 술을 마실 때 안주를 거의 먹지 않는 습관이 있다. 그때마다 할머니는 속 버린다며 안줏거리를 집어 할아버지의 그릇 앞에 내려놓곤 했었다. 그런데 여자는 오히려 할아버지가 잔을 들 때마다 새 부리 마주치듯 잔을 맞부딪치며 잘도 술을 홀짝인다.

"말을 줄여. 글에 설명이 너무 많아."

여자는 "말이요" 하며 고개를 주억거린다.

"공감을 줘야지. 억지로 떠먹이려 하면 읽는 사람이 뿔을 낸다니까."

할아버지가 입맛을 다시며 말한다.

"그럼 말씀하신 계간지에 추천되는 건…… 이번에도 어렵겠지요?"

"지금 글을 싣는 게 문제가 아니라니까. 작가라는 사람이 그리 성미가 급해서 어째?"

작가라는 말에 기분이 좋아진 걸까. 지당하신 말씀이라며 활짝 웃는다.

언젠가 인터넷에서 사람들이 할아버지 소설에 대해 평해놓은 것을 본 적이 있다. 매번 비슷한 소재를 우려먹는 게 부끄럽지도 않느냐 했다. 시대에 뒤떨어지는 소설을 끈질기게 발표하는 게 지겹다고도 했다. 늙어서 기운이 빠진 거 같으니 소설은 접고 그만 쉬는 편이 낫겠다는 비아냥조의 글도 있었다.

"제가 얘기했었나요? 선생님 글은요, 제 인생을 바꿨어요."

어느덧 취기 오른 여자가 느슨해진 발음으로 말한다. 할아버지는 흐뭇한 얼굴로 잠자코 듣기만 한다. 여자가 부끄럽다는 듯 얼굴을 가리고 깨드득 웃는다. 그녀는 봇물 터뜨리듯 할아버지 소설에 대한 찬사를 늘어놓기 시작한다.

새벽 1시. 나는 가게 구석에서 방석을 베고 자다가 깨어난다. 할아버지와 여자가 흥건히 취해 있다. 차를 가게에 두고 집까지 걸어가기로 한다. 15분 남짓 걸리는 가까운 거리이지만 기분 좋게 걷기에는 3월의 밤바람이 아직 차다. 나는 뒤처져 강둑을 걷는다. 할아버지는 여자의 어깨에 팔을 두르고 여자는 할아버지의 허리를 감싼 채 비틀거리며 나아간다. 정지용의 시를 읊는가 하면 들판과 꽃나무가 등장하는 노래를 부르기도 한다. 여자는 모르는 게 분명한 노래를 아는 척 따라 부르는 시늉을 한다. 할아버지의 걸음에 맞추어 덩달아 휘청거리는 몸짓도 너무 과장되어 있다.

"선생님, 존경합니다."

여자는 혀가 꼬인 목소리로 말하며 할아버지를 끌어안는다.

"잘될 거여. 잘될 거여."

할아버지가 여자의 등을 쓸어내린다.

나는 입김을 내뱉으며 밤하늘을 올려다본다. 달은 허리춤에만 구름을 감고 있다. 창백한 낯빛으로 시린 공기에 발을 드러내고 있는 모습이 만성 불면에 시달리는 것 같다.

새벽에 물을 마시러 거실로 나왔다. 2층의 계단을 오르려던 할아버지가 움칠하며 나를 본다. 나는 잠에 취한 척 눈을 비비며 할아버지 곁을 지나친다. 할아버지는 발소리를 죽이며 계단을 오른다. 나는 2층을 향해 귀를 기울인다. 아무런 소리도 들려오지 않는다. 발뒤꿈치를 세우고 조심스럽게 계단을 오른다. 여자의 방문 틈을 엿본다. 할아버지가 여자의 벗은 등을 쓰다듬고 있다. 귀한 도자기를 어루만지는 듯한 손길이다. 여자는 잠이 든 건지 그런 척하는 건지 눈을 감은 채 미동도 하지 않는다. 할아버지는 오래도록 여자를 쓰다듬다가 살갗에 코를 대고 깊은숨을 들이마신다. 나는 다시 계단을 내려온다. 몇 분 후 할아버지가 안방으로 돌아가는 소리가 들려온다.

생일을 얼마 앞두지 않고 첫 생리를 시작했다. 두루마리 휴지를 여러 겹으로 접어 팬티에 대고 엄마에게 전화를 걸었다. 엄마는 한창 영업을 뛰는 중이라며 할머니에게 이야기하라고 했다. 그간의 일을 전해주자 엄마는 혀를 찼다.

"징하다, 징해. 그놈의 집안. 애 앞에서 부끄러운 줄도 모르고."

전화를 끊고 여자의 방에 올라가 가방을 뒤졌다. 여러 사이즈의 생리대 중에서 알아채지 못하게 작은 것 두 개만 빼냈다. 장을 보고 돌아온 여자가 득달같이 달려와 내 방문을 두드렸다. 설마 생리대 개수를 세어놓기야 하겠느냐 싶어 나는 무작정 잡아뗄 작정이었다. 생리대 비닐도 휴지통에 버리지 않고 책가방 속에 숨겨두었으니 꼬리를 잡힐 이유도 없었다.

"너 초경이지?"

여자가 들뜬 얼굴로 대뜸 물어온다.

"화장실 타일 바닥에 핏방울이 떨어져 있더라, 애. 무섭진 않았니?"

그녀의 무례한 태도에 나도 모르게 얼굴이 달아올랐다. 여자는 품에 들고 있던 새 생리대 뭉치를 건넨다.

"이거 너 써. 사용법은 알고 있지?"

나는 어금니를 물며 문제집에서 눈을 떼지 않는다. 여자는 잠깐 고민하던 눈치이더니 안으로 들어와 내 책상 위에 걸터 앉는다. 그 바람에 책이 밀려 글씨가 비뚤어졌다.

"멘스를 하면 몸조심을 해야 해. 이제 진짜 여자가 된 거니까. 애들이 짓궂게 장난쳐도 받아주면 안 되구. 그런데 너 남자친구는 있니?"

대답 대신 거칠게 종잇장을 넘겼다.

"어쩐지 너 어제 강둑에 핀 철쭉을 오래 보고 있더라. 창가에 서서 꼭 홀린 사람처럼 말이야. 몸에 꽃물이 옮아온 거야. 난 겨울에 초경을 했거든. 하기 며칠 전에 눈밭에 핀 동백꽃을 봤어."

여자는 회상에 잠긴 듯 잠시 고개를 기울인 채 말이 없다.

"피를 흘리면 좋은 걸 많이 먹어야 해. 피를 맑게 채워주는 것들이 뭐가 있지?"

그녀는 내 생리가 이어지는 일주일 내내 밥상에 파래무침과 물미역을 올렸다. 그 중간에는 내 생일도 끼어 있었다. 나는 아무에게도 생일이라는 걸 말하지 않았다. 그날도 미역국 대신 여자가 초장과 함께 내놓은 물미역을 먹었다. 엄마에게선 밤늦도록 전화가 걸려오지 않았다.

　　트럭 운전수와 살던 주인공은 2년을 채 넘기지 못하고 지하방에서 도망쳐 나온다. 주인공에게 싫증을 낸 운전수가 술만 마셨다 하면 그녀를 거머리 취급하며 두들겨 팼기 때문이다. 부산으로 간 주인공은 알음알음 일수를 얻어서 방을 구하고, 보도 봉고차를 타고 다니며 노래방 도우미 일을 한다. 갓 스무 살의 앳된 청초함 때문인지 어렸을 적부터 남자의 손을 타며 배운 노련함 때문인지 그녀를 찾는 손님들이 늘어간다. 주인공은 단란주점에 지명으로 들어가 본격적으로 몸을 팔기 시작한다. 생전 꿈도 못 꾸던 큰 액수의 돈이 꿀떡꿀떡 들어오자 신이 나서 옷과 화장품을 사들인다. 오늘 지갑이 비어도 내일 또 일하면 된다는 생각에 겁 없이 돈을 쓴다. 어느 날 같이 일하는 언니가 세련된 남자를 한 명 소개해준다. 곱상한 얼굴에 말을 나긋나긋하게 잘하던 그는 만난 지 얼마 되지 않아 주인공의 마음을 사로잡고 집에 들어와 얹혀산다. 남자가 사업 구상을 하며 시간을 죽이는 동안 주인공은 그에게 밥을 사 먹이고 옷도 골라 입혀주다가 종국엔 용돈까지 준다. 남자가 사업상 빚을 끌어오게 되었다며 보증을 서 달라고 할 때에도 그녀는 흔쾌히 응한다. 남자가 그녀의 화장품까지 싹 쓸어 담아 도주하던 밤에는 무슨 사정이 있겠거니 싶어, 날이 밝아올 때까지 근심에 젖어 기다린다. 결국 그의 막대한 도박 빚은 주인공의 무릎 위로 무너져 내린다. 죽기로 결심하고 입에 수십 알의 수면제를 털어 넣지만, 네 시간 만에 다시 깨어나 구조대에 전화를 걸고 만다. 위세척하고 응급실 구석에 누워 있던 주인공은 문득 정신이 들어 주위를 둘러본다. 찢어진 다리에서 피를 철철 흘리는 사람, 두통을 호소하며 베개에 고꾸라져 있는 사람, 소변을 받아들고 분주하게 오가며 검사를 받는 사람들. 모두 어떻게든 살아보겠다고 기를 쓰는 틈바귀에서 죽겠다고 청승을 떤 스스로가 한없이 처량하게 느껴진다. 주인공은 그 길로 여수에 내려간다. 터미널에 도착했을 때 막 출발하려는 버스가 여수행이었기 때문이다. 여수에 간 그녀는 빚쟁이들의 눈에 띄지 않도록 외딴 설렁탕집에 일자리를 얻는데…….

여자의 글은 맞춤법이 틀린 데가 많다. '되'와 '돼'를 구분하지 못하는 건 예사다. 그녀의 문장들은 꽁치를 떠올리게 한다. 상황을 날것 그대로 옮겨 적어 비린내가 나고, 잔가시 같은 비문들이 눈을 찌른다. 문장의 순서도 뒤죽박죽이다. 아무리 좋게 봐주려 해도 그녀가 작가가 되는 건 절대 불가능할 일처럼 보였다.

학교에서 돌아오니 두 고모들이 와 있다. 여자는 고모들 앞에 새침하게 턱을 치켜들고 앉아 있다. 그녀는 문을 열고 들어서는 나를 보자 반갑게 인사한다.

"왔니?"

나는 부엌으로 들어와 냉장고를 연다. 거실에서 큰고모의 엄한 목소리가 불거진다.

"자네도 나잇살 먹고 글깨나 쓴다는 사람이면 예의는 알지 않겠는가?"

"아이, 언니. 이런 애들한테 체면 차릴 거 없어."

작은고모가 말을 자르며 나선다.

"터를 봐가면서 굿을 쳐야지, 넌 양심도 없냐? 울 노인네가 그 연세에, 응? 새 첩 왔다고 짐 싸들고 나와야겠냐구. 관절염 때문에 걷기도 힘든 양반이야."

나는 부엌 밖으로 슬쩍 거실을 내다본다. 기에 눌리지 않으려 목을 꼿꼿이 세운 여자가 보인다.

"오해하셨어요. 전 글을 배우러 들어왔지 사심 같은 건 없습니다."

"에이그, 뚫린 구멍이라고 양잿물 쏟아내는 거 봐라. 우리가 너 같은 년 하루 이틀 보는 줄 아니? 순진한 낯짝을 해가지고는 꼬리 칠 궁리만 하는 잡것들."

앙칼진 작은고모는 금방이라도 여자의 머리채를 움켜쥘 기세로 쏘아붙인다.

"내일이라도 당장 나가주게."

큰고모가 작은고모 앞을 막아서며 단호히 말한다. 여자의 입술이 움칠거린다. 눈가가 멀리서도 보일 만큼 파르르 떨리고 뺨은 수치심으로 얼어 있다.

"싫어요."

여자는 고모들을 똑바로 마주 보며 말한다.

"등단하기 전엔 죽어도 못 나갑니다."

"이년이, 진짜!"

여자의 목이 홱 젖혀진다. 여자의 머리채를 낚아챈 작은고모가 다른 손으로 뺨을 후려치기 시작한다. 이번엔 큰고모도 말리지 않는다. 여자가 비명을 내지른다. 두 팔을 허우적거리며 나름 저항하려 하지만 웬만한 남자 앞에서도 종주먹을 휘둘러대는 작은고모의 강단을 이겨내긴 벅차 보인다.

"어머, 어머!"

여자는 얼굴이 벌게진 채 작은고모의 손에 질질 끌려다닌다. 그러다 문득 부엌 한쪽에 서 있는 나와 눈이 마주친다. 나는 한 손에 물 잔을 든 채로 치도곤을 당하는 여자를 지켜본다. 작은고모는 여자의 방에 올라가 가방을 꺼내 마당에 패대기치고 돌아간다.

마당에 떨어진 노트가 아무렇게나 펼쳐져 바람에 펄럭인다.

"못 도와준 거 알아. 미안해할 필요 없어."

헝클어진 머리의 여자가 주섬주섬 옷가지를 주워담으며 말한다.

"잘한 거야. 남의 집에 얹혀살 땐 봐도 못 본 척, 들어도 못 들은 척 그렇게 지내는 게 똑똑한 거야."

정리를 마친 그녀는 방으로 올라가 책상 앞에 앉는다. 노트를 펼칠 생각도 않고 볼펜을 굴리며 멍청히 창밖만 바라본다.

강둑에 나갔던 여자가 오래도록 돌아오지 않아 밖을 내다보니, 돌을 베고 잠들어 있다. 흐르는 강물과 강물에 실려 흔들리는 집 사이에서 여자 홀로 외딴 섬에 떨어져 있는 것만 같다. 어제 읽다 만 그녀의 소설이 떠오른다. 여수의 설렁탕집에서 일하던 주인공은 농사짓는 시골 남자를 만난다. 소처럼 순한 눈의 남자는 그녀에게 지고지순한 사랑을 바친다. 둘은 1년 넘게 한 지붕 아래 부부처럼 지낸다. 주인공은 그 남자의 한결같음에 반해 사랑에 빠지고, 결국 그 한결같음이 두려워 도망친다. 그녀는 남자가 잠든 사이 서랍장 속의 돈을 털어 목포로 떠난다.

강 너머로 해가 기운다. 이대로 어둠이 내리면 여자는 잠든 채로 돌이 되어버릴 것 같다. 나는 망설이던 끝에 강둑으로 내려온다. 여자에게서 멀찍이 떨어진 곳에 서서 돌을 집어 물수제비를 뜬다. 물수제비는 말 줄임표처럼 튀어 오른다. 잠에서 깬 여자가 기지개를 켠다. 돌에 눌린 자국인지, 고모에게 맞은 손자국인지 왼쪽 뺨이 발갛다.

"나는 얹혀사는 게 아니에요."

여자가 의아한 얼굴로 나를 바라본다.

"엄마가 올 거라고요."

그제야 "아아", 고개를 끄덕이더니 나에게 묻는다.

"너도 글을 좀 써보지 그러니?"

올여름 더위는 여느 때보다 지독하다. 강가엔 모기가 극성이고 매미들이 밤낮 할 것 없이 울어댔다. 7월 중순 무렵 할아버지의 신간이 출간되었다. 책 제목은 '나날'이었다. 할아버지는 출간기념회 일로 서울에 올라갔다. 간 김에 여러 볼 일을 마치고 며칠 후에야 돌아올 거라고 했다. 여자는 제자인 자신에게도 원고를 먼저 보여주지 않았다며 서운해했다. 책이 출간된 지 이틀째 되던 날 두 개의 상자가 배달되어 왔다. 할아버지의 신간 서적 증정본이었다. 여자는 커터를 들고 와 조심스럽게 상자 테이프를 잘라낸다. 책 표지는 검은색과 보라색 꽃이 뒤섞여 다소 야한 색감으로 채워져 있다. 여자는 한 권을 집어 방으로 올라간다. 나도 소파에 앉아 책을 펼친다. 표지 날개에는 무표정한 할아버지의 사진이 박혀 있다. 책장을 가만히 손바닥으로 쓸어본다. 좋은 종이로 만들었는지 부드럽기 그지없다.

책은 한 여자의 삶을 그리고 있었다. 고향에서 도망쳐 몸을 팔며 도시를 떠돌다가 이십 대 후반의 나이에 이미 노파가 되어버린 여자의 인생이었다. 어쩐지 낯익은 이야기였다. 주인공의 외모에 대한 묘사는 마치 2층 여자의 얼굴을 고스란히 옮겨놓은 것 같았다. 그녀의 노트에 적힌 내용과 다른 점이라면 결말 부분뿐이었다. 그녀의 소설이 미완된 이야기인 반면 할아버지의 책에는 분명히 끝이 있었다. 뒤늦게 작가가 되고자 마음먹은 주인공은 늙은 퇴물 소설가의 집에 얹혀살게 된다. 그녀는 꽤 그럴싸한 글을 짓게 되는데, 그것을 몰래 넘어다본 늙은 소설가가 그 글을 표절해 책을 출간한다. 주인공은 잠든 늙은이의 얼굴을 베개로 눌러 질식시킨다. 밤길로 뛰쳐나와 강둑을 따라 달리던 그녀는 돌연 백발이 성성해지더니 등뼈가 굽고 이가 빠지며 결국 잿더미가 되어 흩날려져 버린다.

책을 끝까지 읽고 덮었을 때는 사위가 어둑해져 있었다. 벽시계를 보니 아홉 시가 다 되었다. 2층은 잠잠하다. 불 켜진 여자의 방안에서는 자정이 될 때까지 기척이 없었다.

한밤중. 여자가 다그치는 소리가 들려온다. 그녀는 거실 한가운데에 전화기를 붙들고 서 있다.

"선생님이 어떻게 저한테 그러실 수가 있어요?"

여자가 울먹인다.

"저한텐 그게 전부였어요. 무슨 말이라도 좀 해보세요. 아, 정말 기가 차서, 어쩜 그렇게 뻔뻔스러우세요."

여자가 발을 구르며 끝내 울음을 터뜨린다.

할아버지는 할머니와 함께 돌아왔다. 안방에 가방을 내려놓은 할머니는 묵묵히 부엌에 들어가 점심 준비를 한다. 구수한 된장국 끓이는 온기가 집 안에 퍼진다. 들기름에 볶은 나물과 김장독에서 꺼낸 김치 냄새가 풍기자 그간 나무 궤짝 같던

집에 비로소 생기가 돈다. 여자가 2층에서 내려온다.

"두 분께 말씀드릴 게 있어요."

소파에 앉아 있던 할아버지가 여자를 올려다본다. 할머니가 젖은 손을 행주에 닦고 거실로 나온다. 여자의 손에는 임신 테스트기가 들려져 있다.

"너는 방에 들어가 있어."

그녀가 내게 말한다. 내가 꼼짝도 않자 할머니가 그렇게 하라는 듯 손짓을 해 보인다. 나는 거실에서 가장 가까운 서재에 들어온다. 숨을 죽이고 문에 얼굴을 바짝 붙여 보지만 거실에서 나누는 대화 소리는 좀처럼 귀에 들어오지 않는다. 잠시 후 할머니의 긴 한숨이 마룻바닥을 적신다. 30분 남짓 시간이 흐른 뒤, 좀이 쑤신 나는 화장실에 가는 척 방에서 나온다. 낮은 목소리로 말을 하던 여자가 이야기를 멈춘다. 할아버지가 눈을 가늘게 뜨고 여자를 바라보고 있다. 할머니는 아예 창밖으로 고개를 돌렸다. 화장실 변기 위에 앉자 드문드문 단어들이 들려온다. 4천만 원, 비밀, 도둑, 다시는, 이라는 말들이 수챗구멍에 빨려 들어가는 구정물처럼 소용돌이친다.

"제 자존심에 대한 보상이에요."

여자가 좀 전과 달리 분명한 목소리로 말한다. 잠시 후 할머니는 다시 부엌으로 가 상을 차린다. 나는 짐짓 태연스럽게 화장실에서 나온다. 여자는 2층에 올라가고 없다. 할아버지는 다리를 외로 꼬고 앉은 채 입을 굳게 다물고 있다. 장식장 안에는 못 보던 새 와인 병이 서너 개 들어차 있다. 소파 옆에는 제자 일동이 보냈다는 난 화분이 놓여 있다. 나는 열린 창문 밖의 강물을 바라본다. 여름이 깊어질수록 강 냄새가 짙어진다. 강물은 등짝을 번들거리며 기어가는 파충류처럼 소리 없이 움직인다.

여자가 묵직한 짐 가방을 들고 마당을 가로지른다. 어제 시내에 나가 사 온 선글라스를 끼고 하늘거리는 흰 원피스를 입었다.

"가요?"

대문을 열던 그녀가 나를 돌아본다.

"가야지."

"어디로요?"

"글쎄. 돈이 생겼으니 방을 구해야지."

"소설은요?"

여자는 턱을 살짝 기울이며 웃는다.

"계획보다 좀 빠르게 결말이 나서 말이야. 생리대는 충분히 있니?"

여자가 가방을 열어 생리대를 한 뭉치 던져준다.

"엄마를 너무 기다리지 마. 기다리는 사람은 꼭 안 오더라."

"……가요."

"그래, 너도 잘 지내."

대문이 닫히고 그녀의 샌들 굽 소리가 멀어진다.

여자가 집에 온 지 며칠 안 되었을 때의 일이 떠오른다. 그녀가 자리를 비운 사이 몰래 방에 들어가 가방을 뒤졌다. 인조 가죽 재질의 크로스백 안에는 간단한 옷가지와 스킨로션, 노트 몇 권이 전부였다. 흥미를 잃고 지퍼를 닫으려던 나는 알을 밴 물고기처럼 불룩한 속주머니를 발견했다. 주머니를 열자 한 움큼의 임신테스트기가 나왔다. 테스트기는 모두 같은 종류였다. 하나같이 붉은 선이 두 개였고, 오래된 듯 막대가 누렇게 바래 있었다. 그것들은 마치 군인의 장비 주머니에 담긴 총탄처럼 비장해 보였다. 이 총탄에 맞으면 누구든 녹다운될 수밖에 없겠다는 생각이 들었다.

여자가 떠나고 얼마 지나지 않아 《나날》은 베스트셀러 순

위에 올랐다. 인터뷰 자리가 잦아지자 할아버지는 벗겨진 이마에 모발이식 시술을 받았다. 영화제작사와 이야기가 오간다는 말이 얼핏 들려올 즈음, 누군가가 《나날》이 표절 작품이라며 맹렬히 비난하고 나섰다. 언젠가 강연회를 열었던 목포 D대학의 국문과 학생들이었다. 그들은 《나날》의 내용이 2학년생 국문학도가 쓴 장편소설과 똑같다며 인터넷과 출판사에 증거물을 내밀었다. 증거 자료는 국문과 남학생이 소설 합평회 때 제출했던 미완의 장편소설이라고 했다. 남학생은 할아버지의 강연회 뒤풀이 자리에 참석했다가, 가방에 있던 노트를 도둑맞았다고 밝혔다. 인터넷에는 합평회 때 돌렸던 복사본이 고스란히 올라와 있었다. 스프링 노트에 동글동글한 필체로 쓰인 글은 여자의 노트에 적혀 있던 것과 똑같았다. 마음에 안 드는 글귀를 직직 그어놓은 대목과 엉성한 비문까지도, 내가 기억하는 그대로였다. 그는 군 복무 생활 중에 소설을 썼다고 했다. 국문학과 학생들은 돈을 걷어 소송을 준비할 거라고 포고했다. 할아버지는 가까운 제자들에게 전화를 돌리기 시작했다.

엄마는 2년이 지나도록 나를 데리러 오지 않았다. 또 한 번의 여름이 지나갈 무렵, 나는 작가가 되기로 결심했다.

오늘의 반성문

사람들은 항상 주먹을 날릴 때면 내가 맞아야만 하는 이유를 친절하게 알려주었다. 그중에서 내가 유일하게 납득할 수 있었던 이유는 오직 하나. 내 얼굴이 매를 부른다는 것이었다. 내가 기억하는 첫 구타의 추억은 다섯 살 때이다. 나는 세수를 마치고 텔레비전 옆에 놓인 로션을 바르려고 다가갔다. 로션펌프를 꾹 누르는 순간 너무 많은 양의 로션이 찍 흘러나와 장판 위로 떨어졌다. 내복 소매를 걷어 올리고 바닥에 떨어진 로션을 손바닥으로 훑어냈다. 그때 아버지가 다가와 내 뺨을 때렸다. 나는 마루와 붙어 있는 부엌 언저리까지 날아갔다. 얻어맞은 이유가 로션을 낭비해서인지, 바닥에 떨어진 걸 손으로 닦아내서였는지 의아해했지만 아버지가 날 때린 이유는 텔레비전 화면 앞에서 얼쩡거린 것 때문이었다.

내 인생에 본격적으로 주먹이 자리한 것은 아홉 살 때부터였다. 학급 패거리들이 장난삼아 뒤통수를 툭툭 건드리던 손바닥이 슬그머니 주먹으로 바뀌었고 어느 틈엔가 나는 공식적인 샌드백이 되어 있었다. 그 이후 중학교를 거쳐 고등학생이 되어서까지 나는 구타유발자를 면치 못했다. 구타당한 경력 9년. 이젠 복부로 날아드는 주먹의 날카로움과 단단한 정도를 보면 그의 성격을 가늠할 수 있고, 발길질을 꽂는 각도와 파고드는 깊이만으로도 그가 앞으로 나를 몇 대쯤 더 때리고 지치리라는 것을 예상할 수 있다. 조금 더 지나면 건강과 심리 상태까지 헤아릴 수 있을 지도 모를 일이다. 카운슬러나 해볼까. '삶이 복잡할 때, 몇 대만 때리시면 당신의 고민을 정확히 분석해 드립니다.' 혼자 숨죽여 낄낄거리던 나는 웃어서 교실 공기를 오염시켰다는 이유로 주환이네 패거리에게 얻어터졌다.

알다시피 남들에게 맞고 다니는 게 썩 유쾌한 일은 아니다. 내공이 쌓인 나라고 해도 가끔은 심하게 우울해질 때가 있다.

그날은 손등을 밟혀 손가락이 구부러지지 않던 저녁이었다. 변기통에 빠진 수저를 새로 사러 천원마트에 들렀다. 나는 체크무늬 천으로 된 수저주머니 세트를 골랐다. 귀엽게 생긴 아르바이트생이 바코드를 찍어주었다.

"천 원입니다."

나는 부은 손으로 동전을 세었다. 동전을 계산대 위에 내려
놓으려는 찰나 백 원짜리 한 개가 발치에 떨어졌다. 허리를 숙
여 주우려고 했지만 뼈마디가 파묻힌 손가락을 도저히 굽힐
수가 없었다. 아르바이트생이 나를 빤히 내려다보았다. 그녀
뒤편의 텔레비전에서 아기 기저귀 광고가 흘러나오고 있었
다. 하얗고 포동포동한 아기 엉덩이를 향해 내려오는 깃털 한
개. 깃털이 엉덩이인지 유방인지 분간하기 어려운 뽀얀 살갗
위로 사뿐히 내려앉는 모습을 본 순간, 나는 이루 말할 수 없
는 비참함을 느꼈다. 남들의 인생이 저토록 보드랍고 통통한
엉덩이라면 내 인생은 짓물러 고름이 흐르는 엉덩이였다. 가
게를 뛰쳐나와 전봇대 뒤에 숨어 울었다. 부르터서 쓰라린 눈
가를 교복 셔츠 자락으로 문지르고 밤하늘을 올려다보았다.
검은 어둠 속에 초승달이 물고기처럼 헤엄치고 있었다. 글썽
이는 하늘 위로 물고기가 펄떡, 뛰어올랐다. 나는 더 이상 삶
을 방치하지 않겠다고 결심했다.

나는 꽃빵처럼 부푼 손등에 중국산 호랑이 연고를 바르며
곰곰이 생각했다. 사람들은 레저생활을 위해 60미터 상공에

서 번지점프를 하고 270킬로미터의 속도로 카레이싱을 한다. 의지를 시험하기 위해 마라톤을 하고 한계를 뛰어넘으려고 암벽등반도 한다. 두려움과 고통을 극복하는 게 쾌감이 된다면, 폭력과 통증을 견디는 것 또한 즐거움이 될 수 있을 것이다.

나는 즐거운 삶을 간절히 원했다. 그러나 얻어맞는 걸 피할 순 없었기에 즐기자고 마음먹었다.

*

늦여름이었다. 점심시간이 지난 5교시 수학 시간. 창문을 열어놓았지만 땀에 젖은 팔이 책상 위에 쩍쩍 달라붙었다. 수학 선생은 널브러져 있는 학생들을 아랑곳 않고 칠판 가득 문제를 적어놓았다. 학교에서 가장 젊고 예쁜 여선생이었다. 나는 그녀가 왼쪽 어깨에 리본이 달린 블라우스를 입고 올 때가 가장 좋았다. 분단별로 불려 나가서 문제를 풀고 틀리면 졸음을 쫓으라는 명목으로 손바닥을 세대씩 맞았다. 나는 함수 문제 앞에서 분필만 만지작거리다가 돌아섰다. 손바닥을 펴자 여선생이 매를 들어 올렸다. 얇고 긴 제단용 나무 자가 싸늘한 소리를 내며 허공을 갈랐다. 찰싹. 따끔하면서도 간지러운 마찰에 나도 모르게 항문을 조였다.

"공부 좀 해라."

여선생이 나무라며 다시 매를 치켜들었다. 소매에서 옅은 라일락 향이 풍겼다. 찰싹.

"야, 저 새끼 저거 꼴린 거 아냐?"

교실 뒤편에서 누군가 불쑥 소리쳤다. 딴청을 피우고 있던 학생들의 시선이 나에게로 향했다. 당황한 나와 여선생이 동시에 내 바지 앞섶을 내려다보았다. 지퍼가 덜 올라간 교복 바지가 성이 난 채로 불쑥 솟아 있었다. 튀어나온 잿빛 바지 끝에는 쥐똥나무열매만한 얼룩이 번져 있었다. 여선생의 얼굴이 붉게 달아올랐다. 나는 황급히 바지의 앞섶을 가렸으나 조바심을 낼수록 배가 뜨거워지며 온몸의 피가 아랫도리를 향해 내달렸다.

"더 때려요. 몇 대 맞으면 싸겠는데."

창가 자리의 주환이 걸걸한 목소리로 소리쳤다. 반 아이들이 와르르 웃어젖혔다. 여선생은 있는 힘껏 마지막 한 대를 내리쳤다. 용서를 구하려고 여선생의 얼굴을 보니 눈가가 파르르 떨리고 있었다. 그녀는 경멸과 모욕감에 찬 눈빛으로 그만 들어가라고 명령했다. 나는 고개를 숙이고 자리로 돌아왔다.

수업이 끝난 뒤 교무실을 찾아갔다. 수학 선생의 자리에는 색색가지의 포스트잇과 자그마한 허브 화분이 놓여 있었다. 내가 다가가자 그녀는 서둘러 인쇄물을 정리하는 척했다.

"죄송해요."

그녀는 립스틱이 지워진 입술을 굳게 다문 채 나를 외면했다. 나는 여선생의 눈치를 살피는 내내 바지 앞섶을 흘끔거렸다. 천을 뚫고 나올 것처럼 요동치던 물건은 얌전히 줄어들어 있었다. 우두커니 서 있다가 돌아서려는 찰나, 교무실 구석에서 물끄러미 나를 바라보고 있던 닥터 홍과 눈이 마주쳤다. 그는 정수기 앞에 머그잔을 들고 서 있었다. 50대 중반의 닥터 홍은 물리 선생이다. 타 과목의 심화문제를 들고 가도 막힘없이 설명해줄 만큼 박학다식한 데다 말수가 적어 학생들의 신임을 얻고 있었다. 작년 체육대회 때 축구공에 맞아 턱이 빠진 1학년생에게 달려가 입속에 손가락을 밀어 넣어 능숙하게 턱을 끼워준 이후로 모두들 그를 닥터 홍이라고 불렀다. 실로 그는 오래전 의대에 진학했다가 사정에 의해 학교를 그만두고 전공을 바꾼 과거가 있다고 했다.

깡마른 몸에 방랑 철학자처럼 기른 덥수룩한 머리칼. 피부가 가무잡잡하고 불거진 광대뼈 아래로 볼이 움푹 꺼진 게 어딘가 음침한 인상을 주기도 하지만 두 눈만은 닥터라는 별명에 걸맞게 통찰력과 호기심의 광채를 띠고 예리하게 빛나고 있다. 나는 그를 향해 슬쩍 고개를 숙여 인사했다. 그는 보일 듯 말듯 턱을 주억거렸다.

밖으로 나오자 주환이 패거리가 운동장 벤치에 모여 있었다. 그들은 항상 밝고 환한 곳을 좋아했다. 술과 담배를 곁들이지 않는 이상 패거리가 나를 두들기는 곳은 대낮의 교실, 혹은 사방이 훤히 뚫린 운동장이었다. 그날은 맞는 동안 발기해 보라는 강요를 받느라 평소보다 두 배쯤 더 얻어터진 후 집에 돌아왔다.

다음 날 아침, 지난 저녁에 남은 꽁치를 전자레인지에 데워 아침상을 차렸다. 아버지는 비린내가 심하다며 내 뺨을 후려쳤다. 화장대 앞에 앉아 눈썹을 그리던 누나는 아버지가 손찌검을 시작하자 신경질적으로 방문을 닫았다. 나는 몸을 방어하는 대신 수학 선생의 향수 냄새를 떠올렸다. 그녀의 부드러운 허벅지와 음모, 도톰한 성기를 상상했다. 뿐 아니라 포르노에서 보았던 여자들의 교성과 번들거리는 입술, 땀에 젖은 엉덩이를 기억하기 위해 안간힘을 썼다. 뺨을 한 대 얻어맞을 때마다 정수리에서부터 명치까지 얼얼해지며 짧은 현기증이 온몸을 무중력으로 내몰았다. 바닥에 흩어진 꽁치의 살점과 제

살점에 코를 박고 있는 뾰족한 대가리를 바라보던 나는 중요
한 사실을 깨달았다. 즐겁게 얻어맞기 위해서는 반드시 때리
는 사람에 대한 애정과 동경을 갖추어야 한다는 것을.

*

닥터 홍이 거슬리기 시작한 건 금요일부터였다. 5교시 음
악 시간 내내 주환은 교실 뒤편에 지우개를 던지고 내게 주워
오기를 시켰다. 뿔테안경을 쓴 음악 선생은 처음 얼마간 인상
을 찌푸리다가 이내 아랑곳하지 않고 피아노 반주를 계속했
다. 나는 지우개 줍기를 반복하는 동안 주환에 대한 충성심을
키웠다. 생각보다 쉬운 일이었다. 유복한 환경에서 자란 주환
은 여유로움이 몸에 배어 약간의 권태를 띠는데, 그게 그 특유
의 무심한 표정을 자아낸다. 타고난 곱슬머리는 해학적인 느
낌을 주는 한편으로 위압감을 조성한다. 어디 그뿐인가. 훤칠
한 키에 단단한 체구, 길게 찢어진 눈매와 다소 사납게 내뻗은
콧등은 주변 여자애들을 안달 나게 했다. 이 근방의 얼굴 좀
반반하다 하는 여자애들은 고주환이 다 따먹었다는 얘기를
들었다.
  수업을 마치는 종이 울렸을 때, 지우개를 받아든 주환이 나

를 향해 입을 열었다.

"병신, 땀 존나 흘리네."

나는 그 말뜻을 '수고했다, 가서 땀 좀 닦아'로 풀이했다. 그러자 그의 관심이 고마워서 오히려 땀을 많이 흘린 게 미안해질 지경이었다. 그래, 이렇게만 하면 된다. 느지막이 음악실을 빠져나와 목으로 진득하게 흐르는 땀을 훔치며 고개를 들었을 때, 텅 빈 복도의 저 끝에서 잘못 솟아난 나뭇가지처럼 구부정하게 서 있는 닥터 홍을 발견했다. 그는 출석부를 옆구리에 낀 채 나를 바라보고 있었다. 마치 모든 것을 알고 있다는 듯 조롱과 호기심이 섞인 눈빛.

"정필아."

나의 이름을 부르는 그의 나직한 목소리에 투둑투둑, 이성의 실밥이 뜯어져 나갔다. 맥없이 벌어진 아귀로 지금껏 외면해왔던 수치심이 묵은 솜처럼 꾸역꾸역 쏟아져 나왔다. 나는 몸을 돌려 냅다 도망치기 시작했다. 닥터 홍이 쫓아오지 않으리라는 것을 알고 있었지만 교실에 도착할 때까지 죽어라 내달렸다.

나는 주환 패거리를 우러르고 복종하는 데 기쁨을 느끼기 위해 몸부림쳤고 서서히 그 효과가 나타나고 있었다. 그들의

말은 곧 진리였으며 매를 맞을 때면 그들의 지적대로 나 자신
에 대해 진심으로 반성했다. 반성의 시간 뒤에는 마음이 홀가
분하다 못해 뿌듯해지기까지 했다.

온종일 퍼붓던 비가 그친 오후, 나는 물이 고인 뒤뜰에서
복창하고 있었다.

"살아 있어서 죄송합니다."

주환 패거리는 도서관 뒷문과 이어진 시멘트 계단에 걸터
앉아 있었다.

"살아 있어서 죄송합니다."

그때, 인기척과 함께 도서관 건물을 돌아 닥터 홍의 모습이
나타났다. 패거리들은 그를 힐끗 쳐다보았을 뿐 꼼짝하지 않
았다.

"이게 뭣들 하는 짓이냐."

닥터 홍이 낮은 목소리로 말했다.

"뭐가요? 지가 사과하고 싶으니까 하는 건데."

패거리 중 한 명이 사납게 눈을 치켜뜨며 대꾸했다. 닥터
홍은 천천히 나에게로 시선을 돌렸다. 나는 호흡이 가빠오며
얼굴이 벌겋게 달아오르는 것을 느꼈다. 제발 참견하지 마라.
재수 없는 새끼. 그냥 지나가란 말야. 속으로 씹어뱉었으나 닥

터 홍은 걸음을 떼지 않았다. 미지근한 바람이 불자 나무에서 우수수 물방울이 떨어졌다. 발치의 진흙탕이 몸을 떨었다.

"그만 꺼져라."

주환이 성가시다는 듯 내게 말했다. 나는 젖은 바닥에서 뒹구는 가방을 집어 들고 서둘러 자리를 떴다. 그날 이후로도 닥터 홍은 유령처럼 나를 쫓아다녔다. 그는 언제나 한 발치 떨어진 곳에서 아무 말 없이 나를 응시했다. 나는 구타당하는 기쁨을 맛보는 데 익숙해지는 스스로가 대견했고, 이게 전부 행복한 삶을 살고자 하는 나의 의지에서 비롯되었다는 사실에 자부심을 얻었으나 닥터 홍과 시선이 마주칠 때마다 그에게서 묵언의 비난을 감지하고는 견딜 수 없는 자괴감에 빠졌다. 패거리들의 여자 후배들 앞에서 바지를 내리고 자위를 하거나 엉덩이 사이에 볼펜을 꽂고 떨어지지 않도록 괄약근에 힘을 주며 뜀을 뛰었을 때와는 또 다른 종류의 모멸감이 나를 혼란스럽게 했다. 그의 눈빛은 수만 개의 손이 되어 나를 밀가루 반죽처럼 쥐어뜯었다. 너는 왜 분노하지 않느냐고. 자존심을 위해 맞서 싸우지 못하냐고.

나는 제멋대로 나를 관찰하는 닥터 홍을 증오했다. 긴 불면으로 뒤척이던 밤에는 전에 없던 화가 끓어오르는 것을 느꼈다.

다음 날 수업 도중 화장실에 간다는 핑계로 교실을 빠져나왔다. 나는 본관 건물 뒤의 주차장으로 향했다. 나란히 주차된 승용차들 너머로 닥터 홍이 타고 다니는 자전거가 눈에 띄었다. 학교 사람들은 봉긋 솟은 고무 경적을 울리며 자전거를 몰고 출근하는 그의 모습이 정겹다며 좋아하곤 했다. 검은색 칠이 벗겨진 몸체에 반들반들 윤기가 흐르는 삼각의 안장. 고지식한 디자인의 자전거는 한 마리의 음흉한 사마귀 같았다. 나는 주변에 아무도 없는 것을 확인한 뒤 자전거를 번쩍 들어올렸다. 그리고는 쏜살같이 소각장으로 달려갔다. 어디서 그런 힘이 솟았는지 스스로도 의아할 정도였다. 시커멓게 그을린 드럼통 속에 자전거를 거꾸로 처박았다. 심장이 벌렁벌렁 뛰었다.

"씨발."

나는 이마에 맺힌 땀을 닦으며 중얼거렸다.

"방해하지 말라고, 씨발."

닥터 홍이 나의 화를 일깨우도록 내버려둘 수는 없다. 분노는 수치심을 유발한다. 오색의 불꽃이 터지는 화려하고도 순수한 구타의 시간을 어설픈 수치의 고통으로 일그러뜨릴 수는 없다. 허공을 향해 차르르 맴돌던 자전거 바퀴가 멈추었다.

*

카센터 안에서는 세 남자가 모여앉아 점심을 먹고 있었다. 밥상 가운데 놓인 양푼에 갈비찜이 수북했다. 고기가 질긴 모양인지 아버지는 자주 요란한 소리를 내며 이에 낀 고기 조각을 빼냈다. 일하는 형들 두 명은 웃통을 벗어젖힌 채 게걸스럽게 밥을 퍼먹었다. 입가가 기름으로 번질거렸다. 근육이 불거진 그들의 어깨와 팔뚝 위로 땀방울이 흘러내렸다. 카센터의 리프트 위에는 수리하다 만 중형차가 올라가 있었다. 형들이 차 밑으로 들어가 수리를 할 때면 음탕한 여자의 치마 밑으로 고개를 밀어 넣고 있는 장면이 연상되었다.

"여기다 둘게요."

아버지가 가져오라고 한 쇼핑백에는 러닝셔츠와 속옷이 들어 있었다. 아버지는 돌아보지 않고 '어어!' 대답했다. 아버지는 가게에서 일하는 형들을 자랑스러워했다. 단단한 근육질의 피부에 시커먼 기름 검댕을 묻힌 그들이 함께 있는 모습을 보면 그야말로 잘 어울리는 부자지간이었다. 나는 그들 틈에 섞여 갈비를 뜯는 상상을 해보았다. 생각만으로도 고기가 고무조각처럼 목구멍을 틀어막는 것만 같아 숨이 막혔다. 카센

터 바닥에 던져진 묵직한 스패너를 보자 괜스레 어금니가 시
큰거렸다. 나는 잰걸음으로 가게를 벗어났다.

　문방구 앞의 오락기에서 어린애들 몇 명이 쪼그리고 앉아
데몬프론트를 하고 있었다. 나는 잠시 멈춰 서서 게임을 구경
하다가 캐릭터가 위기에 처한 순간 나서서 도와주었다. 아이
들의 감탄과 질문 세례를 받으며 오락기를 두드리다 보니 어
느덧 주위가 어둑해졌다. 둘러싸고 있던 아이들이 하나둘씩
떠났다. 연달아 기록을 달성하고 자리에서 일어나자 뻐근한
무릎이 잘 펴지지 않았다. 마지막으로 가게 앞에 남아 나를 응
원하던 사내아이와 눈이 마주쳤다. 착색료가 섞인 과자를 먹
었는지 입 주위가 보랏빛이었다. 꼬질꼬질한 티셔츠에 반바
지, 발목까지 올라오는 양말에 큼직한 슬리퍼. 사내아이는 건
널목 앞에 다다를 때까지 나를 쫓아오며 게임에 대해 시답잖
은 질문을 해왔다. 충치가 있는 듯 입을 열 때마다 고약한 냄
새가 풍겼다.

　"형은 철권도 잘하죠? 어디 오락실 다녀요?"

　사내아이가 엉덩이 사이에 낀 바지를 잡아 빼며 물었다. 가
만히 두면 집까지 따라올 기세였기에 나는 골목을 빙빙 돌다
가 아이를 쫓아냈다.

현관에는 누나의 구두가 나뒹굴고 있었다. 굽 부분의 에나멜이 쥐에게 물어뜯긴 것처럼 흉측하게 벗겨졌다. 나는 구두를 가지런히 한쪽에 세워두고 방으로 들어왔다. 누나가 내 방문을 열어젖혔다. 얼굴이 늙은 호박처럼 누렇게 떠 있었다.

"돈 있지?"

누나는 벗어둔 교복 바지 주머니를 뒤져 천 원짜리를 챙겼다. 외출을 하려는 걸까. 때때로 누나는 핸드백 하나 달랑 들고 나가 며칠 동안 집에 들어오지 않기도 하고, 일주일 가까이 집 안에만 틀어박혀 꼼짝하지 않기도 했다. 스물한 살인 누나는 죽고 싶다는 말을 입버릇처럼 한다. 담배가 떨어져서 죽고 싶다, 스타킹의 올이 나가서 죽고 싶다, 지겨워서 죽고 싶다, 너만 보면 죽고 싶다. 죽음 타령의 결론은 항상 똑같다. 다시 태어나면 존나 돈 많은 할머니 손녀딸로 태어날 거야. 부모도 필요 없고 할망구 하나면 딱인데. 입이 험하고 제멋대로이긴 하지만 누나는 내 가까이서 나를 때리지 않는 유일한 사람이다.

언젠가 누나는 아버지한테 곤죽이 되도록 맞아 내뻗어 있는 나의 곁에 다가와 물었다.

"나 같으면 벌써 확 죽어버렸을걸. 왜 사냐, 넌?"

나는 빈대떡이 되도록 납작해져도 결코 죽고 싶다는 생각을 해본 적은 없었다. 이제껏 맞으며 살아온 날들이 아까워서라도 죽는 건 가당치 않았다. 언젠가는 고통스러운 시간이 끝나고 평화로운 날들이 찾아오리라 믿고 있었다. 나를 내려다보던 누나가 고개를 끄덕였다.

"아버지가 널 때리는 이유를 알 것 같다."

누나가 손을 번쩍 들어 올리는 통에 나는 반사적으로 눈을 찔끔 감았다. 그러나 누나는 뒷목을 긁적였을 뿐 나를 아랑곳하지 않고 창밖으로 시선을 돌렸다.

"날씨가 좋구나."

*

쉬는 시간이 되자 나는 늘 그랬듯 책상에 엎드려 자고 있었다. 정확히 말하자면 딱히 할 일이 없었기에 눈꺼풀을 움칠거리며 자는 척하는 중이었다. 어느 순간부터인가 교실의 왁자지껄한 소음이 서늘하게 잦아드는 것을 느꼈다. 슬그머니 고개를 들었다. 반 아이들이 교탁 옆의 컴퓨터를 둘러싸고 있었다. 또 야한 동영상이라도 재생시키고 있는 걸까.

그중 한 명이 나를 천천히 돌아보자 모두들 약속이라도 한 듯 내 쪽을 쳐다보았다. 평소와 달리 야유 섞인 눈빛이 아니어서 당황스러웠다. 빈 책상과 의자를 사이에 두고 긴 침묵이 흘렀다.

"이거 너 맞지?"

누군가 컴퓨터 모니터를 가리키며 물었다. 나는 엉거주춤 자리에서 일어나 교실 앞으로 나갔다. 물이 갈라지듯 아이들이 길을 터주었다. 모니터에는 유명 포털 사이트에 등록된 동영상이 덩그러니 떠 있었다. 무리 속에서 손 하나가 뻗어 나와 재생버튼을 클릭했다. 동영상이 찍힌 곳은 주택가의 골목이었다. 숨어서 찍은 듯 화면이 몹시 흔들렸다. 골목길에는 대여섯 명의 학생들이 모여 있었다. 얼굴은 부옇게 모자이크 처리가 되어 알아볼 수 없게 되어 있었지만 우리 학교 교복만은 분명하게 확인할 수 있었다.

골목 가장자리에서 한 손을 주머니에 꽂은 채 담배를 피우던 남학생이 입을 뗐다.

"가려."

앞에 선 학생은 메고 있던 가방을 재빨리 바닥에 내려놓고 두 손으로 교복 바지 앞섶의 성기 부분을 가렸다. 이어 그의 복부와 허벅지를 향해 절도 있는 구타가 이어졌다. 맞는 놈은 바닥에 나동그라지기 무섭게 벌떡 일어났고 그 와중에도 아랫도리를 가린 손만은 필사적으로 지켜내고 있었다. 군더더기 없는 주먹질을 한 끗의 동정심도 없이 날리는 놈과 마치 입으로 밀어 넣어주는 밥을 부지런히 받아 삼키듯 피하지 않고 성실히 받아내는 놈. 참으로 잘 어울리는 한 쌍의 콤비였다. 이윽고 때리던 놈이 싫증 난 듯 물러나 새 담배를 피워 물었다. 누군가 맞던 놈을 시멘트 바닥 위에 엎드리게 했다. 말뚝박기를 하듯 한 명이 달려가 등허리에 올라탔다. 다른 한 명이 뒤따라 올라탔다. 맞던 놈은 연달아 세 명의 남학생을 등에 태웠다.

"이랴!"

맨 뒤에 올라탄 학생이 엎드린 엉덩이를 후려치며 소리쳤다. 앞에 올라탄 학생이 맞던 놈의 머리칼을 움켜쥐고 몸을 앞뒤로 흔들었다. 그가 무슨 말을 했는지 맞던 놈은 노래를 부르기 시작했다.

"가사 있는 거 말고."

나나나 나나나나 나나나. 익숙한 멜로디가 떨리는 목소리를 타고 흘러나왔다. 그제야 나는 동영상 파일명이 '회전목마'로 저장되어 있다는 것을 알아챘다. 화창한 하늘 아래 놀이공

원. 둥근 지붕 아래로 낭만적인 멜로디와 함께 유유히 돌아가는 회전목마. 황금빛 안장과 크림색의 갈기, 윤기 흐르는 검은 눈동자와 달콤한 막대사탕처럼 솟은 긴 손잡이.

"너 맞지?"

숨죽여 동영상을 지켜보던 누군가가 다시금 물어왔다. 나는 대답하지 않았다.

"해도 너무 했는데."

또 다른 누군가가 조심스러운 목소리로 혀를 찼다. 그러나 동영상 속의 장면은 하루가 멀다고 교실 뒤편에서 보던 풍경이었다. 내가 주환이 패거리들을 등에 태우고 몸을 흔들어대는 동안 다른 녀석들은 아무 일 없다는 듯 피자빵을 먹으며 웃어대고 휴대전화 게임을 하고, 서로의 등짝을 때리며 장난치기 바빴다. 괜히 눈길을 주었다가 트집을 잡히기라도 하면 목마가 두 마리로 늘어날 뿐이었다.

동영상은 포털 사이트의 검색어 상위 순위를 차지했다. 그에 관련된 인터넷 기사가 하나둘씩 뜨기 시작하자 학교가 술렁거렸다. 들은 바에 의하면 교무실의 전화통은 온종일 쉴 새 없이 울려댔고 발 빠른 기자들 몇이 벌써 소리 없이 다녀갔다고 했다. 교무실에서는 동영상 속 학생들의 신원을 밝혀내려고 혈안이 되었다. 나는 수업이 끝나기 무섭게 집으로 도망쳤다. 교문을 나서며 슬쩍 곁눈질하자 주환이 패거리는 여느 때와 마찬가지로 운동장 벤치에 모여 있었다. 그들도 소문이 신경 쓰이긴 했는지 나를 불러 세우지 않았다.

다음 날 학생주임의 호출을 받았다. 나는 퀴퀴한 홀아비 냄새가 밴 선도부실로 불려갔다. 각진 얼굴의 학생주임과 기다란 테이블을 사이에 두고 마주 앉았다. 그는 냉장고에서 요구르트를 꺼내 건넸다.

"긴말 할 것 없이 남자 대 남자로 얘기하자. 동영상에 찍힌게 너 맞지?"

방관하는 자보다 더 나쁜 건 섣불리 끼어드는 자다. 무관심보다 무서운 것이 어쭙잖은 관심이다. 나를 패는 패거리보다도 쥐새끼처럼 몰래 동영상을 촬영한 놈이 더 원망스럽다. 도움을 요청하지 않는 자를 억지로 도우려는 것은 경솔한 폭력을 휘두르는 것과 진배없다. 나는 말없이 테이블 위에 놓은 요구르트를 응시했다. 어릴 적에 요구르트를 꽁무니서부터 뒤집어 먹는다고 아버지한테 몇 차례 얻어맞은 적이 있다. 그러나 나는 플라스틱 부분을 앞니로 뜯어 구멍을 내고 그 사이로 빨아먹는 요구르트 맛을 포기할 수가 없어, 몰래 숨어서 요구르트를 거꾸로 마셨다. 한 모금씩 삼킬 때마다 어디선가 아버지가 튀어나올 것만 같은 공포에 몸이 저릿저릿했다. 콧등이 시큰해지고 손끝의 핏기가 차갑게 식는 아찔함. 요즘은 그런 두려움이 성기를 곧추서게 하기도 했다.

학생주임은 나를 달래고 어르고 협박했지만 나는 꿈쩍도 하지 않았다. 그는 지친 얼굴로 의자 깊숙이 몸을 묻었다.

"인마, 솔직히 말하면 앞으로 아무도 너 못 건드려. 졸업할 때까지 계속 그렇게 처맞으면서 지낼래?"

순간 무심결에 굳은 침을 삼켰다. 학생주임은 내 눈빛이 흔들리는 것을 놓치지 않았다.

"생각해보고 찾아와라. 난 널 믿는다."

나는 선도부실 문을 닫고 나왔다. 그리고 몇 걸음 떨어진 복도에 서 있는 닥터 홍을 발견했다. 수염을 제대로 깎지 않은 턱이 싹이 돋기 시작한 감자처럼 푸릇푸릇했다. 나도 이번만큼은 시선을 피하지 않고 그를 노려보았다.

"정필아. 너지?"

그가 차분한 목소리로 물었다. 목구멍이 뻣뻣해지며 울분이 치솟았다. 왜 다들 나를 가만히 놔두지 못해 안달인가. 나는 금방이라도 그를 향해 달려들듯 사납게 숨을 몰아쉬었다.

닥터 홍은 큼큼 목을 가다듬은 뒤 재차 물었다.

"내 자전거 말이다. 네가 그랬지?"

*

녹차 티백이 뜨거운 물 위로 둥실 떠올랐다. 수업자재 창고의 창문 너머로 학교 옆 고가도로가 내려다보였다. 닥터 홍과 몇 마디 대화를 주고받은 나는 다른 사람들이 왜 그를 좋아하는지 이해할 수 있을 것 같았다. 그는 무채색의 벽과 같아서 그 고요한 벽에 등을 기댄 채 하염없이 이런저런 이야기를 꺼내고 싶게끔 했다.

"말하자면 노력형 마조히스트인 셈이죠. 아직 멀었지만 말예요."

내가 말했다. 닥터 홍의 뒤편으로 먼지 쌓인 장구와 북이 쌓여 있었다.

"난 네가 존경스럽다. 넌 강한 놈이야. 졸업하면 뭘 할 계획이지?"

"다코야키 포장마차를 하고 싶어요. 냉동오징어 조각을 넣어서 만드는 거 말고, 진짜 문어를 넣어서요."

"맛있겠구나."

"아니요. 너무 맛있어도 안돼요. 그저 그런 다코야키를 만들 거예요. 맛을 기억해서 일부러 또 찾아오는 일이 없게요."

닥터 홍이 이유를 물어오길 기다렸지만 그는 그저 고개만 끄덕였다.

"제가 사실을 밝혀야 한다고 생각하세요?"

"솔직히 내가 너라면 그러지 않을 거 같구나."

그것은 내가 기다리고 있던 말이기도 했다. 나는 그의 절망적인 말투가 마음에 들었다. 손목시계를 들여다본 닥터 홍이 자리를 털고 일어섰다. 창고 문을 열던 그는 깜빡했다는 듯 멈추어 섰다.

"약속이 있어서. 다음에 계속 얘기하자꾸나."

이튿날 학생주임에게 불려 간 자리에는 담임선생과 형사가 동석했다. 그들은 나를 편안하게 해주려고 실없는 농담까지 해 보였다. 나이보다 훨씬 늙어 보이는 중년의 여담임은 곶감 냄새가 풍기는 손을 내 어깨에 얹었다.

"자세히 얘기할 필요 없어. 우린 널 존중하니까 자존심 상할 필요도 없구. 동영상에 나온 게 네가 맞다면 그냥 고개만 끄덕여 보여. 거기 찍힌 가방도 네 꺼랑 똑같잖니."

넌 강한 놈이야. 담담하게 말하던 닥터 홍의 목소리가 떠올랐다. 비실비실 웃음이 흘렀다. 나는 고개를 끄덕였다. 코 밑 솜털이 수염처럼 돋은 담임의 입가가 동정심과 안도감으로 출렁였다.

"제가 때려달라고 부탁한 거예요."

형사가 무어라고 말을 꺼내려 하는 찰나 나는 말을 이었다.

"선생님 저는요, 맞는 게 좋아요."

얼마간 주환이 패거리들과 함께 선도부실을 뻔질나게 드나들어야 했다. 심문을 받는 중에도 그들은 늘 그랬듯 자신감이 넘쳤다. 주환은 바쁜 부모 대신 찾아온 아버지의 비서를 등 뒤에 세워두고 나를 턱짓했다.

"저 새끼가 그거예요. 왜, 맞으면서 흥분하는 변태 아시죠? 우린 잘못 없다니까요."

주환이 동의를 구하려는 듯 나를 쳐다보았다. 나는 누군가 턱밑으로 늘어진 끈을 잡아당기기라도 하듯 부지런히 고개를 끄덕였다.

일주일에 걸친 소란 끝에 주환이네 패거리들이 교내 봉사 활동 처분을 받는 것으로 일은 일단락 지어졌다. 나는 방과 후 화장실에 들러 패거리 대신 대걸레질을 하고 변기를 닦았다. 화장실에 모여 있던 패거리 중 한 명이 라디에이터 위에 걸터

앉아 투덜거렸다.

"좆도 아닌 일로 쪼아대고 지랄이다."

이번 일로 인터넷에 신상정보가 공개된 그는 자신이 억울한 피해자라고 주장했다. 나는 고무장갑을 낀 손으로 바닥에 떨어진 휴지 뭉치를 주웠다.

"저 새끼가 변태라는 게 소문이 나야 우리가 누명을 벗겠는데."

잦은 문제를 일으켜 씨름부에서 퇴출당한 거구의 영준이 오줌을 누다 말고 내 쪽으로 몸을 틀었다. 누런 오줌 줄기가 타일 위로 떨어져 부서졌다. 나는 뒷걸음질치다가 화장실 칸막이 안으로 나자빠졌다. 좌변기 안에 빠진 팔꿈치가 축축하게 젖었다. 주환이 고개를 기울인 채 나를 찬찬히 훑었다. 그는 손가락을 뻗어 가볍게 내 뺨을 퉁겼다.

"웃어. 누가 보면 내가 너 협박하는 줄 알겠다."

나는 입꼬리를 당겨 미소 지었다.

"너 혼자 있을 때 내 생각하면서 딸치냐? 잠깐, 그게 웃는 거야? 이빨 내놓고 웃어야지. 그래, 그렇게."

주환이 내 머리칼을 부드럽게 쓰다듬었다. 그 손길에 금세 가슴이 뭉클해졌다. 폭력적인 표현 방법이 몸에 익어서 그렇다 뿐이지 주환도 나를 마냥 미워하기만 하는 건 아닌 것 같다는 생각이 들었다.

"내가 너 때려주니까, 너도 뭔가를 해줘야지. 그치?"

　빌라 앞의 골목길은 어두컴컴했다. 나는 센서 등을 피해 골목 한 귀퉁이에 숨어 있었다. 또각거리는 구두굽 소리가 가까워졌다. 얼마 지나지 않아 긴 생머리의 수학 선생이 모습을 드러냈다. 피로에 지친 얼굴이었다. 나는 불쑥 앞으로 튀어 나갔다. 빌라 입구의 센서 등이 반짝 켜졌다. 소스라치게 놀란 수학 선생이 비명을 내질렀다. 나는 메마른 입술을 침으로 축이고 간신히 입을 열었다.

"선생님, 저 좀…… 때려주세요."

　아버지는 두 손을 깍지 낀 채 학생주임의 말을 듣고 있었다. 테이블 위에는 야쿠르트 한 병이 놓여 있었다. 나는 교무실 한가운데서 수학 선생에게 잘못을 빌었다. 그녀는 용서해주는 대신 내게 전문적인 상담 치료를 받을 것을 요구했다. 그녀가 제안한 곳은 무료 상담실을 운영하는 청소년센터였다. 보나 마나 사계절 내내 스웨터를 걸친 여자들이 가습기를 틀어놓은 방에 앉아 모든 걸 이해한다는 얼굴로 손등을 쓰다듬으려 들 게 뻔했다. 선반에는 종교잡지들이 빼곡히 꽂혀 있고 실내에는 진한 유자차 냄새가 진동하겠지.

"저…… 청소년센터 말고요."

나는 고개를 들어 교무실 구석을 쳐다보았다. 그곳에 닥터 홍이 있었다.

"물리 선생님께 상담을 받으면 안 될까요?"

수학 선생이 들고 있던 노트를 가만히 책상 위에 내려놓았다. 허브화분 줄기에서 누렇게 뜬 이파리 한 개가 맥없이 떨어졌다.

나는 매주 수요일 방과 후 2시간씩 닥터 홍과 상담시간을 갖게 되었다.

그의 상담방식은 엄격했다. 교사들은 그가 내 성향을 바꾸어놓는 데 도움이 되리라 기대했는데, 어떤 면에서 보면 사실이었다. 그는 가차 없는 분석과 비판을 통해 내가 완전한 마조히스트가 될 수 있도록 도와주었다. 그는 내 삶의 방식을 높이 평가했다. 그중 가장 인상적이었던 교육방법은 내게 매일 반성문을 쓰게 한 것이었다. 곰곰이 생각해 보면 반성해야 할 일들은 넘쳐났다. 나는 매일 밤 노트 한 바닥을 꽉 채워 꼼꼼히 반성문을 작성했다. 그러나 닥터 홍이 중요시한 건 반성하는 태도였을 뿐, 내용에 대해서는 가타부타 말이 없었다. 그는 사사로운 것에 대해 지적하는 것을 귀찮아했다. 나는 닥터 홍의 냉정한 표정 속에서 그를 향한 막연한 동경을 느끼곤 했다. 이따금 그는 핏발이 선 눈으로 나를 바라볼 때가 있었는데 그럴 때면 육식 짐승과 단둘이 갇힌 듯한 기분에 등줄기가 서늘해졌다.

상담이 끝난 후에는 늘 함께 육교 밑의 포장마차에 들렀다. 메뉴는 떡볶이와 순대 세트에 각자 어묵 한 꼬치씩이었다. 닥터 홍이 사주겠다고 했지만 기어코 내가 우겨 계산한 뒤로는 내가 사는 게 당연한 일이 되었다.

변함없는 일상 속에서 시간은 빠르게 흘렀다. 그리고 기말고사가 끝난 겨울의 한가운데서 나는 미처 예상치 못한 경험을 하게 되었다.

*

공사가 중단된 공사판에서 나는 무릎을 달달 떨고 있었다. 주환은 바닥에 나뒹구는 각목을 주워 살폈다. 목에는 여자애가 만들어주었다는 빨간색 털실 목도리를 둘둘 감고 있었다. 내 곁에는 키가 작달막한 낯선 녀석이 서 있었다. 교복이 체구에 비해 터무니없이 커서 가뜩이나 왜소한 몸이 더 작아 보였다.

"춥냐?"

주환이 물었다. 무슨 일이 있었는지 평소보다 심기가 불편해 보이는 얼굴이었다. 옆에 선 녀석은 눈치 없이 누런 이를 드러내며 웃어 보였다. 각목을 고쳐 쥐고 일어서려던 주환이 다시 퍼질러 앉았다. 그는 흥미롭다는 얼굴로 내게 말했다.

"네가 패라."

그는 얼떨떨하게 서 있는 내 발치로 각목을 던졌다.

"그만하라고 할 때까지 패라. 패다가 멈추면 쇠파이프로 패게 한다."

주환이 담뱃불을 붙이려 했으나 찬바람이 불어와 라이터가 잘 켜지지 않았다. 인상을 찡그리던 그가 눈썹을 추어올리며 나를 쳐다보았다. 그는 아직도 분위기 파악을 못 한 채 실실 미소 짓고 있는 녀석을 보며 명령했다.

"재킷 벗어."

"아, 나 추운데."

녀석은 장난스러운 장단에 어쩔 수 없이 맞춰주기라도 한다는 듯 고개를 설레설레 저으며 교복 재킷을 벗었다. 셔츠에 니트 조끼 한 장만을 걸친 녀석이 덜덜 떨었다. 나는 선뜻 각목을 집어 들지 못했다. 이제껏 신물이 나도록 얻어맞으며 살아왔으나 정작 남을 두들겨 패고 싶다는 생각을 해 본 적은 없었다. 상상만 해도 팔에 힘이 쭉 빠졌다. 나는 눈앞에서 추위에 떨고 있는 녀석을 보자 겁이 덜컥 났다. 가까스로 담뱃불을 붙인 주환이 입김과 섞인 연기를 길게 뿜어냈다.

"조끼 벗어."

옆에 선 녀석의 얼굴에 어려 있던 미소가 서서히 굳어갔다. 주환이 흥얼거리듯 덧붙였다.

"셔츠도 벗어."

셔츠 단추를 풀어내는 녀석의 얼굴이 파랗게 질렸다. 뼈가 앙상한 가슴팍이 드러났다. 나는 황급히 각목을 집어 들었다. 눈을 질끈 감고 옆에 선 녀석을 향해 각목을 내리쳤다. 녀석이 방어하는 바람에 손목을 강타했다. 허옇게 튼 손목이 금세 벌겋게 부어올랐다. 녀석은 손목을 부여잡은 채 공사판 바닥을 나뒹굴었다. 매운바람이 스산한 소리를 내며 휘몰아쳤다. 금방이라도 눈물이 쏟아질 것 같았다. 나는 도망치는 녀석을 향해 다시 각목을 휘둘렀다. 죽어라 때리던 도중 각목이 날아가자 녀석에게 달려들어 얼굴과 복부에 마구잡이로 주먹을 꽂았다. 패거리의 웃음소리가 가랑잎처럼 굴러다녔다.

"싸웠으면 화해를 해야지. 가서 쟤 바지 좀 벗겨봐라."

주환이 담배꽁초를 짓밟아 끄며 말했다. 나는 못 박힌 듯 서서 움직이지 않았다.

"싫냐? 어이 병신, 네가 변태 바지를 벗겨줘. 맞기 싫으면 빨리 움직여라."

바닥에 나동그라져 있던 녀석이 주춤거리며 몸을 일으켰다. 그는 엉금엉금 나를 향해 기어왔다. 터진 입술 위로 묽은 피가 흐르고 있었다. 녀석이 내 허리춤을 향해 달달 떨리는 손을 내뻗었다. 불그레한 정수리가 들여다보였다. 나는 녀석을 밀치고 뒷걸음질쳤다. 등 뒤편의 짓다가 만 건물을 향해 달려갔다. 어금니를 꽉 물고, 있는 힘껏 건물 벽에 머리를 짓찧었다. 온몸에서 고장 난 부속들이 덜그럭거리는 듯한 착각이 들었다. 나는 닥터 홍의 가르침을 떠올렸다.

"비참하고 처절해도 항상 행복한 척하는 걸 잊지 말아라. 그래야 불행이 널 못 보고 지나치니까."

나는 연신 이마를 찧으며 속으로 노래했다. 즐거운 곳에서는 날 오라 하여도 내 쉴 곳은 작은 집 내 집뿐이리. 오, 사랑 나의 집 즐거운 나의 벗 내 집뿐이리.

며칠 뒤 수업 도중 운동장이 시끌시끌해졌다. 누군가 힘들다고 울부짖으며 투신을 했다고 했다. 운동장 흙바닥에 떨어진 것은 그날 내가 구타했던 녀석이었다. 그는 장렬히 투신했지만 죽거나 기절하지 않았다. 팔 골절상을 입어 구급차에 실려 갔을 뿐이었다. 그가 뛰어내린 곳은 기껏해야 3미터 남짓되는 체육 창고의 지붕이었다. 녀석의 어머니가 찾아와 급히 전학수속을 마쳤다. 시비를 가리기보다는 한시라도 빨리 학교에서 멀어지려는 눈치였다. 새롭게 부상하던 구타유발자는 그렇게 사라졌다. 나는 조금 외로워졌지만, 닥터 홍을 떠올렸다. 그는 내 인생의 든든한 정신적 후원자였다.

그 주 수요일 닥터 홍은 상담시간에 30분이나 늦었다. 느지막이 문을 열고 들어와서도 한동안 창밖을 내다보며 말이 없었다. 최근에 그는 눈에 띄게 수척해지고 신경질적으로 변해 있었다. 소문에 의하면 남몰래 고시공부를 준비한다고 했지만, 나는 다른 이유 때문이리라 생각했다. 그는 분명 무언가에 굶주려 있었다.

"상담은 이제 충분한 것 같구나."

닥터 홍이 잠긴 목소리로 말했다.

나는 휑한 운동장을 가로지르며 낡은 코트 깃에 목을 묻었다. 잰걸음으로 학교를 빠져나와 사거리 앞에 다다랐을 때였다. 안경을 낀 젊은 여자 둘이 길을 물으며 다가왔다. 찾는 건물을 알려주자 그들은 감사해서 어쩔 줄 모르는 얼굴을 했다. 둘은 종종걸음으로 나를 따라왔다.

"저희는 교리를 공부하는 학생들인데요. 멀리서 보니까 뭔가 근심이 있으신 얼굴이시던데."

나는 코트 소매로 콧물을 훔쳤다.

"저희랑 함께 공부하고 기도도 하면서 문제점을 찾아보시는 건 어떨까요?"

쉴 새 없이 재잘거리던 여자가 '구원'이라는 단어를 발음한 순간 입술 위에서 자그마한 침방울이 톡 터졌다. 문득, 지금껏 외면해 왔던 확신이 한 줄기 섬광처럼 스쳐 갔다.

처음부터 닥터 홍이 내게 보였던 관심. 나를 향해 무언가를 갈구하는 듯하면서도 안타깝게 스러지곤 했던 눈빛. 이야기를 강조할 때면 내 어깨를 옥죄며 짓누르던 손아귀. 나는 닥터 홍의 내면에 억눌려 있는 폭력성이 나를 향해 깃발을 흔들고 있다는 것을 깨달았다. 상대가 닥터 홍이라면 나는 그 누구에게 구타당할 때보다도 더 기쁘게 얻어맞을 준비가 되어 있었다.

정육점에 들러 사골을 샀다. 아버지가 없는 틈을 타 커다란 솥에 뼈를 고았다. 나는 끓는 솥 속에서 희부연 국물이 우러나는 것을 오랫동안 들여다보았다. 기름기 섞인 수증기로 축축해진 이마를 닦아내며 가슴이 요동치는 것을 느꼈다.

*

닥터 홍의 집은 경사진 골목의 꼭대기에 위치해 있었다. 집들이 다닥다닥 붙은 골목길은 비좁고 험했다. 나는 사골국물이 든 통을 고쳐들고 골목을 올랐다. 적어온 주소에 의하면 17-3호라고 적힌 붉은 대문 옆집이 닥터 홍의 집이었다. 녹색 대문을 조심스럽게 밀자 문이 맥없이 열렸다. 반쯤 열린 문틈으로 부엌이 들여다보였다. 그때, 집 안쪽에서 우당탕탕 무언가 부서지는 소리가 들려왔다. 이어 러닝셔츠 차림의 웬 남자가 부엌 바닥으로 굴러떨어졌다. 그는 머리를 감싸 쥔 채 신음을 내뱉었다. 우람한 체구의 여자가 살을 출렁이며 뒤쫓아 나와 남자의 귀를 끌어당겼다. 여자의 두터운 손바닥이 남자의 뺨을 후려쳤다.

"그러게 공과금 같은 건 미리미리 내라니까, 이 등신아. 얼마나 더 처맞아야 정신을 차릴래!"

여자는 프라이팬이며 밥주걱을 닥치는 대로 집어 들어 남자를 후려쳤다. 기를 쓰고 마당 쪽으로 기어 나오려던 남자와 나의 시선이 마주쳤다.

"선생님."

여자가 내 쪽을 휙 돌아보았다. 닥터 홍은 때를 놓치지 않고 여자의 가랑이 사이로 후다닥 기어 나오더니 마당에 굴러 다니던 슬리퍼를 낚아챘다. 그는 멍하니 서 있는 내 어깨를 치고 쏜살같이 대문을 빠져나갔다.

"뭐해, 인마. 뛰어!"

"야, 이 개새끼야. 거기 안 서?"

버럭 내지르는 여자의 목소리에 정신을 차린 나는 허둥지둥 닥터 홍의 뒤를 따라 내달렸다. 맨발의 그는 양손에 슬리퍼 한 짝씩을 들고 전력으로 골목을 질주했다. 턱을 치켜들고 가슴팍을 내밀어 바람의 저항을 최대한 줄인 자세였다.

"선생님, 저 사람 누구예요?"

내가 묻자 그는 휘청거리는 목소리로 외쳤다.

"와이프!"

나는 그의 깡마른 다리에 단단하게 튀어나온 종아리 알을 보았다. 핏줄이 돋은 조기새끼만한 크기의 근육. 그 필사적인 종아리 알이 모든 것을 말해주고 있었다. 골목은 길고 길었다. 우리는 앞서거니 뒤서거니 하며 끝없이 달렸다. 돈키호테와

그의 말 로시난테처럼. 플라스틱 통 속의 뜨끈한 사골국물이
출렁거렸다.

그의 말 로시난테처럼. 플라스틱 통 속의 뜨끈한 사골국물이

재이

아기는 사과 박스 안에 담겨 있었어요. 사내아이였지요. 울지도 않고 포대기 속에 얌전히 누워 있었어요. 박스 안에는 아기의 이름이 적힌 종이 한 장 놓여 있지 않았어요. 아마 정육점에 가려고 대문을 나서지 않았다면 아기가 그곳에 버려져 있는 줄도 마냥 몰랐을 거예요. 그날 저녁부터 밤새 비가 내렸는데 그랬다면 그 애는 어떻게 되었을까요.

그 시절 사모님은 이십 대 중반의 앳된 새댁이었죠. 임신하기 위해 온갖 클리닉에 다니고 점쟁이에게 받아온 돌까지 갈아 마셨지만, 허약한 체질 탓인지 좀처럼 태기가 보이질 않았어요. 사모님은 아기를 받아들고 귀여워서 어쩔 줄 몰랐어요. 나는 사모님이 시키는 대로 분유를 사다가 먹이고, 기저귀도

갈아주었어요. 그날 밤 사모님은 아기를 곁에 데리고 잤어요. 저는 언제나처럼 지하실 방으로 내려갔고요. 정원이 있는 2층 주택의 지하실은 저 혼자 사용하기에 무척 넓었어요. 사모님이 세를 놓으려 했지만, 사장님은 외부인이 집에 들락거리는 게 성가시다며 반대했어요. 사모님이 세를 주려 했던 건 돈 때문이라기보다는 외로워서였을 거예요. 나이 차이가 많이 나는 중년의 사장님은 해외 출장이 잦고 늘 바빴거든요. 사모님은 그 큰 집에 홀로 남겨져 있는 시간이 길었지요.

다음 날도, 또 그다음 날도 아기는 사모님의 침대에서 잤어요. 그녀는 아기를 재이라고 부르기 시작했어요. 사모님이 한창 즐겨보던 드라마의 주인공 이름이었지요. 출장에서 돌아온 사장님은 자초지종을 전해 듣고 사모님의 빈약한 엉덩이를 철썩 때리며 한마디 했어요.

"어이구, 우리 마누라 착하구만?"

잠도 잘 자고 보채지 않는 순한 아기였어요. 사모님은 외출도 거의 하지 않고 재이의 곁에 붙어 지냈지요. 간혹 누군가 집에 오면 저더러 지하실 방에 숨겨 돌보도록 시켰고요. 재이는 사람들의 눈에 노출되지 않고 무럭무럭 자랐어요. 성도 없고, 출생신고도 하지 않은 채 이 세상에 없는 존재로 말이에요.

몇 해가 지나 재이는 걸음마를 떼고 혼자 뛰어다닐 수 있게
되었어요. 그때쯤 되자 아이는 하루가 다르게 자라더군요. 아
이들은 모두 귀엽다고 하지만 그 애는 그런 말이 절로 나오는
얼굴은 아니었어요. 오히려 못생긴 쪽에 가까웠죠. 이마는 넓
고 울퉁불퉁한 데다 눈은 움푹 들어가고, 들창코가 납작하게
눌려 있었어요. 보통 아이들이 웃으면 절로 따라 미소를 짓게
되잖아요? 그런데 그 애가 까르륵 웃는 모습을 보면 이상하게
도 기분이 싸늘해졌어요.

혹시 어릴 적에 그런 거 느껴 본 적 있나요? 흙 위에 튀어
나와 있는 돌부리를 정신없이 파헤쳐 보고 싶은 충동이요. 흙
속에 묻혀 있던 커다란 돌멩이를 들어 올렸을 때 그 축축한
밑동에 바글바글하게 붙어 있는 벌레 떼를 발견한 적은 있어
요? 비명을 지르면서도 나도 모르게 벌레들을 있는 힘껏 밟아
죽이며, 오금이 짜릿할 정도로 밀려오던 불안한 쾌감을 느껴
본 적은요? 재이의 웃는 얼굴을 보면 제 심연의 한가운데 놓
여 있는 돌부리를 보는 기분이었어요. 불쾌한 웃음을 어떻게
든 멈추게끔 하고픈 충동에 살갗 아래가 근질거려서 몸서리
를 친 게 한두 번이 아니에요. 저기요. 이야기를 계속 듣고 싶
으시다면 저를 그렇게 이상한 사람 보듯 하지 말아요. 여기에

있는 누구든 그 애를 본다면 제 말을 이해하실 거예요.

사모님은 정원에 재이를 풀어놓고 몇 시간이고 그 애가 노는 모습을 지켜보았어요. 그 애는 따로 말이나 글을 배우지 않았어요. 다른 아이들이 유치원에 갈 나이가 가까워지도록 말을 깨치지 못해 떠듬떠듬 간신히 의사표현을 하는 수준이었지요.

그 애가 다섯 살쯤이던 여름이었던가요. 그해 장마는 지겹도록 길었죠. 모처럼 비가 그치고 햇빛이 쨍한 날이었어요. 저는 그 틈을 타 이불을 거두어 빠느라 정신이 없었어요. 장마 내내 곰팡내 때문에 골이 지끈거릴 지경이었거든요. 아시겠지만 독립주택은 비가 오면 손가는 데가 많아지잖아요. 정원에 나와 빨래를 널고 있는데 집 뒤편에서 이상한 소리가 들려왔어요. 저는 땀을 닦으며 뒷마당으로 돌아가 보았어요. 소리는 볕 아래 늘어놓은 빈 장독 안에서 들려오고 있었어요. 장독이요? 아마 제 허리쯤 오는 높이였던 걸로 기억해요. 가끔 쥐 같은 동물이 빠지기도 하기 때문에 저는 잔뜩 경계하고 장독 가까이 다가갔어요. 퀴퀴한 냄새가 나는 장독 안을 들여다본 순간, 저는 소스라치게 놀라 뒤로 물러났어요. 컴컴한 장독 속에는 재이가 앉아 있었어요. 그 애는 자기 발가락을 만지면서 알아들을 수 없는 말을 웅얼거리며 노래를 불렀어요. 저와 눈이 마주치자 입술을 달싹이다가 씨익 웃는 그 애의 얼굴이 섬 뜩하게 느껴졌어요. 차라리 울거나 악을 쓰고 있었더라면 대수롭지 않게 넘겼을 거예요.

사모님께 재이가 장독에 들어 있었다는 얘기를 하자, 그녀는 벌을 준 것이라고 하더군요. 왜 벌을 받아야 했냐구요? 그것까지는 묻지 못했어요. 아무튼 그 후로도 재이는 자주 벌을 받았어요. 아이들은 어릴 때 버릇을 잘 들여야 한다고 해서요. 구타라니요? 제가 본 바로 사모님이 손찌검한 적은 없었어요. 주로 그 애를 가두어두었죠. 옷 서랍 속에 옴짝달싹 못하도록 눕혀 서랍을 밀어 닫고는 몇 시간이 지나도록 열어주지 않았고요. 냉장고의 야채 박스를 비우고 그 속에 몸을 잔뜩 웅크리게 해서 집어넣기도 했어요. 야채 박스가 좁아서 재이의 손이 삐져나오자 사모님은 얼굴을 붉히며 그 애의 손을 쑤셔 넣고 문을 닫았어요. 그러고 보니 김치를 담그려고 장을 봐왔는데 김장용 고무 대야 속에 재이가 갇혀 있어서 잠시 미뤄야 했던 적도 있었네요. 왜, 옛날 중국여자들은 전족을 했다지요? 발을 꽁꽁 싸맨 탓에 아기 손바닥만큼 작은 크기에서 더 이상 자라지 않았다고 하잖아요. 좁은 공간에 몸을 접고 있으면 성장이 위축될 만도 한데 재이는 달랐어요. 그 애는 쑥쑥 커갔죠. 그렇게 자라봤자 벌을 받을 때마다 고통이 늘어날 뿐인데 왜 그리 생각 없이 커가는 건지, 옆에서 보기 안타까울 따름이었죠. 한번은 사모님이 재이를 찬장에 넣었어요. 그 애는 두 팔로 다리를 감싸고 목을 어깨 쪽으로 한껏 꺾은 채 찬장에 들어갔어요. 얼마쯤 시간이 흘렀을까. 부엌에서 와당탕, 요란한 소리가 울렸어요. 급히 달려가 보자 재이가 싱크대에 떨어져 낑낑거리고 있었어요. 찬장이 주저앉는 바람에 그대로 굴러떨어진 거였죠. 재이는 싱크대에 엉덩이가 낀 채 저를 향해 얼굴을 찡그리며 웃어 보였어요.

그 애가 아무리 가혹한 벌을 받아도 절대 울지 않는 데에는 이유가 있었어요. 재이가 단 한 가지, 무서워하는 게 있었다고 말씀드렸나요? 바로 나비예요. 정원을 맴돌며 놀다가도 흰 나비가 팔랑팔랑 날아오면 그 애는 기겁하고 도망쳤어요. 어느 날은 사모님이 재이의 팔목을 끌고 나비가 있는 곳으로 다가가 말했어요.

"잘 들어. 네 몸은 이런 나비들로 만들어졌어."

재이는 안간힘을 쓰려 도망치려 했지만, 사모님은 팔목을 잡고 놓아주지 않았어요. 그녀는 재이의 팔꿈치를 세우게 해서 옆에 놓인 정원석에 가볍게 내리쳤어요. 전기가 통하듯 찌

릿거리는 통증이 번졌겠지요. 사모님은 겁에 질린 재이에게
말했어요.

"이것 봐. 나비들이 몸을 떠느라 아픈 거야. 네가 떠들거나
울면 몸이 부서져서 수백 마리의 나비들이 날아오를 줄 알아."

그 이후로 재이는 늘 살금살금 걷고 조심조심 움직였죠. 절
대 울지 않았어요.

재이는 찬장을 부순 벌로 세탁기 속에서 반나절을 보내야
했어요. 빨래를 돌리려고 세제를 풀어놓은 물이 반쯤 차 있었
던 거로 기억해요. 그 애는 사모님이 지켜보는 가운데 빨래 바
구니를 받침대 삼아 세탁기 속으로 들어갔어요. 사모님이 세
탁기 문을 닫으려 하자 그 애는 목을 움츠리며 물었어요.

"왜애?"

재이는 벌을 받을 때마다 이유를 알고 싶어 했어요. 대답을
해주면 당연히 벌을 받아야 마땅하다는 듯 고개를 끄덕이곤
했지요. 사모님은 그 애의 머리를 눌러 세탁기 속으로 밀어 넣
으며 말했어요.

"나쁜 아이니까."

그렇지만 이건 어디까지나 재이가 어렸을 적의 이야기예
요. 나이를 먹어가며 그 애는 묻는 버릇을 고치게 되었죠. 사

모님과 달리 사장님은 그 애가 질문하는 것을 아주 싫어하셨거든요.

그해 겨울, 사모님은 그토록 바라던 임신 사실을 알게 되었어요. 아들이었죠.

*

태어난 아이는 사장님을 쏙 빼닮았어요. 큰 눈과 오똑한 코가 아기 때부터 무척 예뻤고 눈에 띄게 영특했어요. 하나를 가르치면 열을 안다는 게 아마 그런 경우일 거예요. 집에 머무는 시간이 거의 없던 사장님도 정훈이가 태어난 뒤로는 일찌감치 돌아오는 날이 많았어요. 그에게 정훈이는 두 번째 결혼 끝에 얻은 아이였거든요. 그전까지는 사장님이 가정에 소홀했냐구요? 결코 그렇진 않았어요. 집에 있을 때는 늘 어린 사모님의 투정을 받아주었고 기념일이나 생일은 빠지지 않고 챙겼죠. 화 한 번 낸 적이 없으니까요. 오히려 그런 모습 때문에 그에게는 가정 또한 완벽하게 처신해야 하는 하나의 일터에 지나지 않는다는 느낌이 들곤 했어요. 사모님이 쓸쓸해했던 이유도 그 때문이었을 거예요. 그러나 정훈이가 생기고부터 사모님의 관심은 온통 아이에게 쏠렸더랬지요.

82

정훈이가 초등학교에 들어갈 무렵, 재이는 다른 아이들이 중학교에 다니는 나이가 되었어요. 그 애는 대부분의 시간을 지하실 방에서 지냈지요. 식사는 제가 직접 방까지 가져다주었어요. 말도 거의 하지 않고 조용해서 저는 옆방에 누가 있다는 사실조차 잊기 일쑤였어요. 키가 자라고 골격이 잡히기 시작하자 사장님은 그때까지 없던 존재를 그제야 알아채기라도 한 듯 재이에게 관심을 보이기 시작했어요.

지금부터 하게 될 얘기는 백 프로 확실하다고 말씀드리기가 어려워요. 제 눈으로 직접 확인을 한 일이 아니거든요. 실제로 본 것만 말하라구요? 그러죠, 그럼. 밤중에 부엌 창을 닫으러 올라갔다가 그 애가 두 분 내외의 침실에서 나오는 걸 봤어요. 그 이후로도 새벽녘에 여러 차례 그곳에서 나오는 그 애와 마주쳤고요. 그게 다냐고요? 아니, 본 것만 말하라면서요? ……그 침실 안에서 무슨 일이 벌어지고 있는지 자세히 알 도리는 없었지만 재이가 드나들고부터 두 분 내외의 사이가 전과 달리 묘한 친밀감으로 무르익었다는 게 느껴졌어요. 사모님은 눈웃음을 치며 간드러진 애교를 부렸고 사장님은 생기가 넘쳤죠. 부모님의 사이가 좋으니 정훈이의 얼굴에도 웃음 가실 날이 없었어요. 재이가 있기에 집안은 항상 평화로울 수 있었어요. 사장님의 변화를 가장 먼저 눈치챈 건 최 이사였어요. 그는 회사에서 중요한 직무를 맡고 있을 뿐 아니라 사장님의 오랜 고향 동생이기도 했지요. 자주 집에 들러 저녁을 함께했어요. 그 사람, 음식을 좀 짜게 먹는 편이었어요.

"형님 얼굴이 확 피셨어. 저만 빼고 뭐 좋은 거 해 드시나 해서 염탐하러 왔습니다."

최 이사는 넉살 좋게 굴어 화기애애한 식사 분위기를 만들곤 했어요. 올 때마다 가족들이 좋아하는 자몽을 사 들고 와서 정훈이는 그를 자몽 아저씨라고 부르며 따랐죠. 제가 파인애플을 좋아한다는 걸 알고는 가끔 제 몫의 파인애플까지 사다 준 다정한 사람이었네요. 사장님은 그가 대쪽 같은 친구라며 고향에서 함께 보낸 어린 시절 이야기를 늘어놓곤 했어요. 모두들 수도 없이 들어왔던 얘기였죠. 두 분이 자란 동네는 가구수가 적은 산골 동네였대요. 어느 겨울날 낯선 노인이 이사를 왔는데 평생을 감옥에서 보낸 전과자였나 봐요. 처음엔 다들 꺼려했지만, 워낙 인심이 좋은 마을이라 오갈 데 없는 그 노인을 잘 챙기며 정을 붙이기 시작했어요. 그러던 어느 날 마을에 사건이 터졌어요. 이장 댁 농장의 사슴을 전부 도둑맞은 거예요. 며칠 지나지 않아 다른 집들의 소까지 싹쓸이되었대요. 마을 분위기가 흉흉해진 건 당연한 일이었겠죠. 누군가 밤중에 황급히 동네를 빠져나가는 트럭을 목격했다고 했어요. 이윽고 전과자 노인이 트럭 운전수랑 이야기를 트는 모습을 본 것 같다거나 그에게 돈을 받는 것을 본 듯하다는 사람이 나왔대요. 동네 사람들은 노인을 끌어내 드잡이를 했고, 그는 비쩍 마른 몸으로 흙바닥을 나뒹굴며 아니라는 말만 되풀이했다더군요. 그때, 누군가 노인 앞으로 뛰어들어 사람들을 가로막았어요. 그는 확실한 증거 하나 없이 몰아붙여선 안 된다며 노인을 감싸며 대들었대요. 섣부른 의심이 사람을 죽이는 법이라고 따끔한 일침을 놓으면서요. 그래요. 그게 바로 당시 열일곱 살 소년에 지나지 않던 최 이사였던 거죠. 그 외에도 최 이사의 영웅담은 많았어요. 그는 옳다고 생각하는 일에는 몸을 아끼지 않고 맞서는, 어떻게 보면 지독한 외골수인 사람이었어요.

가랑비가 내리던 날이었어요. 그날은 저녁 식사가 끝난 뒤에야 최 이사가 찾아왔어요. 보통 그렇게 늦은 시간에 오는 일은 없었는데 말이죠. 사장님이 서재에 들어간 사이 그는 담배를 피우러 밖으로 나왔어요. 정원에 나와서 담배를 물며 걷던 최 이사는 빗줄기가 굵어지자 1층 테라스로 올라갔어요. 테라스의 바닥에는 몸에 좋다는 지압 자갈을 깔아두어 사장님이 신발을 벗고 들어가도록 해두었는데, 그는 매번 그 사실을 잊고 구두를 신은 채 들어가곤 했죠. 난간에 기대어 있던 최 이사가 문득 고개를 들어 저를 돌아봤어요.

"방금 밑에서 무슨 소리 나지 않았어요? 아래에 누가 또 와 있나?"

그는 담배가 타들어 가는 것도 잊고 지하실 쪽으로 유심히 귀를 기울였죠.

"보일러가 시원찮아서 그래요. 신경 쓰지 마세요. 아이, 최 이사님. 또 거기 신발 신고 들어가셨어요? 정훈 아빠 보면 한소리 하겠네."

뒤에서 다가온 사모님이 가볍게 눈을 흘기며 말했어요. 최 이사는 뒷목을 긁적이며 쑥스럽다는 시늉을 해 보였죠. 사장님이 최 이사를 서재로 불러들였어요. 저는 두 분께 드리려고 과일을 깎아 갔지만, 서재 안에서 들려오는 큰 소리에 노크도 해보지 못하고 되돌아왔어요. 사장님이 그렇게 언성을 높이는 걸 본 건 그게 처음이자 마지막이었을 거예요. 대화 내용이요? 글쎄, 장부가 어떻고 하는 이야기였던 거 같아요. 격분한 사장님에 비해 침착한 최 이사의 목소리는 변함이 없었죠. 사장님은 살벌하게 소리를 질렀다가 다시 목소리를 낮추어 어르고 달래듯 호소하듯 하기를 반복하며 자정이 넘도록 그를 붙들고 서재에서 나오지 않았어요.

최 이사가 돌아가고 난 뒤 한참 후에야 사장님이 거실로 나왔어요. 두 눈은 충혈되어 있었고 몸에는 열뜬 흥분이 가시지 않은 초췌한 모습이었죠. 아무 말 못 하고 주변을 맴돌던 사모님이 이야깃거리를 찾았다는 듯 조심스럽게 입을 열었어요.

"지하실에서 시끄럽게 구는 통에 그 애를 들킬 뻔했어요."

사장님은 꼼짝도 하지 않고 소파에 앉아 있었어요. 그러다 불현듯 일어나 방으로 들어가더니 골프채를 들고 나왔지요. 그는 성큼성큼 걸어 지하실로 내려갔어요. 심상치 않은 일이 벌어질 분위기였어요. 사모님은 테라스의 난간을 붙들고 서 있다가 침실로 들어갔어요. 저는 지하실 방으로 내려가지 못한 채 정원을 서성였죠. 지하실에서 무언가를 세차게 후려치는 소리가 들려왔어요. 묵직한 게 바닥에 떨어지는 둔탁한 소리도요. 소리는 그치지 않고 몇 차례 더 이어졌어요. 저는 테라스 계단에 앉아, 피투성이가 되어 방바닥을 구르고 있을 재이를 떠올렸어요. 가만히 올려다본 밤하늘 저편에 헐겁게 늘어진 전깃줄이 있었어요. 젖은 전깃줄 위로 달빛이 맺혀 빛났죠. 사장님이 골프채를 들고 지하실 계단을 올라왔어요. 그가 집 안으로 들어가고 불이 모두 꺼진 후에야 저는 지하실 방으로 내려갈 수 있었어요. 재이의 방문은 활짝 열려 있었어요. 가슴을 졸이며 안을 들여다보자 방바닥에 웅크리고 있는 그 애가 보였어요. 이불 더미와 물통이 엉망이 된 채 바닥을 굴러다니고 있었지만, 그 애는 다친 곳 하나 없이 멀쩡했어요. 저와 눈이 마주치자 재이는 입꼬리를 당겨 웃었어요.

사모님은 네 형제 중에 셋째였어요. 친정아버지의 팔순 잔치가 가까워지자, 그녀는 세 식구가 아버지를 위한 노래를 준비해 불러 드리면 좋겠다고 했지요. 언제나 그랬듯 사장님은 순순히 아내의 부탁을 들어주었어요. 두 분은 정훈이를 가운데 세우고 노래 연습을 시작했어요. 셋이 화음을 맞추어 부르는 노래는 다시 돌이켜봐도 환상적일 만큼 아름다웠어요. "내가 살아가는 동안에 할 일이 또 하나 있지. 바람 부는 벌판에 서 있어도 나는 외롭지 않아." 이 부분까지는 함께 부르고 뒤에서부터 물줄기가 나뉘듯 각자의 높낮이로 화음을 맞추더라구요. 거실에서는 저녁마다 노랫소리가 울려 퍼졌지요. 누구 한 명이 조금 틀리기라도 하면 웃으면서 놀려대기도 하면서요. 노래 제목이……. 맞아, 그거였네요. 해바라기의 〈사랑으로〉.

사장님은 자주 지하실 방에 내려가 재이와 시간을 보냈어요. 가끔은 값비싼 소시지나 케이크를 들고 가기도 했어요. 사모님은 무얼 하는지 궁금해하는 기색이 역력했지만, 사장님에게 묻진 않았어요. 화목한 가정을 만드는 데 일조하는 대신 그 무엇도 묻지 않는다. 이건 두 내외 사이의 암묵적인 약속 같았어요.

한번은 사장님이 있는 줄 모르고 내려갔다가 재이와 둘이 있는 모습을 본 적이 있어요. 글쎄, 뭐라고 해야 할까. 사장님은 일종의 훈련 같은 걸 시키고 있었던 듯해요. 군대에서 하는 것처럼요. 앞으로 굴러, 뒤로 굴러, 열중쉬어. 그렇게 단순한 게 전부는 아니었어요. 뭔가가 더 있었는데. 이런, 도무지 기억나질 않네요. 먹여주고 길러주는 은혜, 그런 말을 여러 차례 들었던 것 같아요.

팔순 잔치가 있던 날 저도 늦게 집을 나섰어요. 청소하다가 사장님의 전화를 받았거든요. 사장님은 테이블 위에 두고 온 흰 봉투를 가져오라고 했어요. 저는 허둥지둥 옷을 갈아입고 대문을 나섰죠. 참, 출발하기 전에 재이가 목욕을 하도록 시키고 나오라 해서 현관문을 잠그지 않았어요. 지하실의 욕실 샤워기가 고장 나서 저도 위층의 욕실을 사용하고 있던 터였거든요. 재이가 주섬주섬 옷을 챙겨 나오는 모습을 확인하고 곧 나왔어요. 큰길까지 나와 차를 타려던 저는 깜빡하고 슬리퍼를 신은 채 나왔다는 것을 깨달았어요. 급히 골목까지 되돌아갔다가 아무래도 시간이 늦을 것 같아 다시 큰길로 나와서 차를 탔어요. 밖에서 봉투만 전해 드리고 오면 되는데 슬리퍼가 대수려니 싶었거든요. 그때 갔으니 망정이지 여유롭게 신발을 갈아 신고 갔었다간 늦어서 사장님께 혼이 날 뻔했지 뭐예요.

팔순 잔치가 한창인 호텔 뷔페는 무척 휘황찬란해서 저는 기가 죽었어요. 사장님이 모처럼 온 김에 식사나 하고 가라고 해서 마지못해 구석 자리에 앉았지요. 그는 직원을 시켜 제 몫의 음식을 가져다주었어요. 처음 보는 음식들을 접시 가득 쌓아놓고 있으려니 선뜻 손을 대지 못하겠더군요. 저는 사장님이 화장실 가는 틈을 타서 뒤따라 나갔어요. 말씀드려야 할 게 있었거든요. 신발을 갈아 신으러 골목으로 되돌아갔을 때 있었던 일인데요. 골목 저 앞쪽에서 모퉁이를 돌아가는 최 이사의 뒷모습을 봤어요. 시간이 촉박해서 쫓아가진 못했지만요. 검은 바지에 곤색 스웨터가 분명 그였어요. 최 이사가 왔던 것 같다고 말하자 사장님은 저를 물끄러미 쳐다보았어요. 그는 장난스럽게 제 어깨를 붙들고 눈을 들여다보며 말했죠. 최 이사가 올 리 없다, 네가 잘못 본 거라고요. 사람이 살면서 한 번도 남에게 드러내지 않고 숨겨둔 표정 하나쯤은 있겠지요? 그런 게 정말 있다면 그때 사장님의 얼굴에 비친 표정이었을 거예요. 저는 주제넘게 굴었다는 것을 깨닫고 입을 다물었어요. 사장님 가족의 노래공연은 많은 박수를 받았어요. 구석진 한 편에 있던 저까지도 마음이 찡했을 정도니까요. "아아 영원히 변치 않으리, 우리들의 사랑으로. 어두운 곳에 손을 내밀어……." 죄송해요, 저도 모르게 따라 부르고 말았네요.

잔치를 무사히 마치고 사장님은 저까지 챙겨 가족들을 영화관에 데려갔어요. 시리즈물인 블록버스터 영화였죠. 자동차며 컨테이너가 폭발할 때마다 속이 두근거렸어요. 밤이 깊어서야 식구들과 함께 집으로 돌아왔어요. 정훈이는 종일 제 슬리퍼를 보며 우스워죽겠다고 깔깔거렸죠. 정훈이가 즐거워해서 저도 기뻤어요.

집 안에 최 이사가 왔다간 흔적은 없었어요. 무엇보다 그가 왔더라면 자가용을 끌고 왔었겠죠. 저는 너무 서두르느라 잘못 본 모양이라고 스스로를 나무라며 지하실 방으로 내려왔어요. 재이는 언제나처럼 조용했어요. 빨래하려고 방을 둘러보았지만 그 애의 옷은 어디에도 보이지 않았어요.

그날 밤 사장님은 재이에게 잔치에서 가지고 온 케이크를 갖다 주었어요. 다 먹은 접시를 가지러 들어갔던 저는 흠칫 놀랐어요. 사장님이 그 애의 왼쪽 발목에 족쇄를 채워두었더군요. 족쇄에 연결된 쇠사슬은 창살에 걸려 있었어요. 재이는 저를 쳐다보았지만, 전처럼 웃지는 않았어요. 산만하게 나다니지도 않는 얌전한 아이였는데, 사장님은 대체 무얼 걱정했던 걸까요?

그 외에 다른 이상한 점이요? 그건 왜죠? ……아, 다음 날에야 본 건데요. 뒷마당에 장독 배열이 좀 바뀌어 있더군요. 그 아래 흙이 전보다 올라와 있었어요. 울퉁불퉁한 게 마치 파헤쳤다가 다시 덮어놓은 것처럼요.

"자몽 아저씨는 언제 와?"

정훈이는 가끔 사장님에게 보채듯 물었어요. 사장님과 크게 다투었던 뒤로 최 이사의 모습이 보이지 않았거든요. 두 분 내외의 이야기를 엿들은 바로는 실종신고 되었다 하더라고요. 차는 카센터에 수리를 맡겨두고 사라져서 행방이 더욱 묘연하다고 했어요. 잠자리에 누우면 이따금 장난스럽게 웃으며 파인애플을 건네던 최 이사의 얼굴이 떠올랐어요.

그가 얼른 돌아왔으면 좋겠네요. 참 좋은 사람이었는데. 혹

시 찾게 되거든 절 좀 만나게 해주세요. 두고 간 물건을 전해

줘야 하거든요. 테라스를 청소하다가 난간 밑의 홈에서 그의

지포 라이터를 주웠어요. 진흙인지, 검붉은 얼룩 같은 게 있어

서 깨끗이 닦아놨지요.

이야기를 계속하기 전에 하나만 여쭤볼게요. 형사님이 살

면서 본 것 중 가장 아름다운 건 무엇이었나요? 멋진 풍경이

나 눈부시게 예쁜 여자, 감동적인 장면 같은 건가요? 그런 것

들이 주는 감동은 황홀함과 평화로움, 혹은 아름다운 것 앞에

자신을 노출하며 느끼게 되는 가벼운 수치심 정도겠죠. 극한

의 아름다움은 언제나 치명적인 두려움을 동반해요. 그런 것

들은 자신을 중심축으로 주변의 모든 것들을 빨아들이죠. 함

께 있으면 쉽게 스스로를 잊게 되고, 종내에는 마치 아름다움

이 내게서 비롯되는 것 같은 착각까지 들어요. 살이 흩어지고

뼈가 녹는 것도 모른 채 마냥 그 곁에 붙어 있게 되죠. 그건 말

하자면, 공포예요.

정훈이는 아름다운 아이였어요. 사모님의 위태로우면서도

섬세한 감각과 사장님의 호방함을 담은 냉정함을 고스란히

물려받은 데다 그 아이만의 묘한 아우라를 띠고 있었지요. 어디서든 주목받았고 그에 부응할 만큼 영특했죠. 한창 호기심이 왕성하던 무렵 정훈이는 사모님에게 재이가 누구냐고 물은 적이 있어요. 가족도 아니고 일하는 사람도 아닌 듯한 사람이 있으니 궁금할 만도 했겠지요. 사모님은 대답 대신 부드러운 손길로 재이의 머리칼을 쓰다듬었어요.

"왜, 쟤가 없었으면 좋겠니?"

정훈이는 고개를 저었어요. 자세히 물었다가는 재이를 내쫓을지도 모른다는 생각 때문인지 더 이상은 꼬치꼬치 캐묻지 않았어요.

정훈이가 예닐곱 살 무렵이었나. 아이들 동화 중에 왕자 대신 매를 맞는 아이가 나오는 이야기 아시나요? 왕자가 공부를 게을리하거나 시험을 못 보면 매를 대신 맞는 아이가 나와 체벌을 받는 내용이요. 그 동화를 읽어 주고 얼마 지나지 않아서였어요. 정훈이는 산수 문제집을 들고 사모님에게 가더니, 두 문제를 틀렸으니 혼나야 한다고 말했어요. 사모님이 괜찮다고 말했지만 정훈이는 어디론가 부리나케 사라졌지요. 곧 재이가 정훈이의 손에 끌려왔어요. 동화책 내용을 기억하는 게 기특했던지 사모님은 정훈이가 가져온 30센티미터 자로 재이의 손바닥을 건성으로 내리쳤어요. 정훈이는 고분고분 맞고 있는 재이를 신기한 눈으로 훑어보았어요.

"미안해, 미안."

정훈이는 자기보다 훨씬 키가 큰 재이의 다리를 쓸어주며 말했어요. 정훈이는 재이를 부엌으로 데려와 냉장고의 음식들을 전부 꺼냈어요. 과자와 아이스크림까지 한 상 가득 차려놓고는 재이에게 마음껏 먹게 했어요. 쭈뼛거리던 재이는 이내 허겁지겁 음식을 먹어치웠지요. 배가 불러 더 이상 못 먹을 지경이 되었지만 정훈이는 계속해서 남은 음식을 들이밀었어요.

"먹어."

재이가 먹지 못하자 정훈이는 30센티미터 자를 들고 왔어요. 그리고는 어린아이의 힘이라고는 생각되지 않을 정도로 세게 자를 휘둘러 재이의 손등을 내리쳤어요.

"먹어!"

그 많던 반찬들을 재이가 모두 먹어치운 바람에 저는 다시 급히 저녁상 차릴 준비를 해야 했어요. 정훈은 재이가 마지막 남은 음식까지 꾸역꾸역 입으로 밀어 넣는 것을 확인하고서야 자리에서 일어났어요. 그 애는 재이를 끌고 화장실에 가서 변기 위에 앉혔어요. 그리고 배변을 할 때까지 끈질기게 화장실 문턱에 걸터앉아 그 앞을 지키고 있었지요. 아마도 정훈이는 재이에게 복종 훈련 같은 것을 시키려 한 게 아니었나 싶어요. 그렇게까지 하지 않아도 시키는 건 뭐든 하는데 대체 무엇 때문에 그랬냐고요? 정훈이는 유복한 집안에서 넘치는 사랑을 받으며 자라는 아이었어요. 손만 뻗으면 필요한 건 뭐든 집을 수 있었지요. 그 애는 무언가를 시키기 위해 재이를 길들이는 게 아니었어요. 햄스터나 강아지를 기르듯 그냥 옆에 두고 싶어 했던 거예요. 맛있는 게 생기면 나누어주고 함께 장난감을 가지고 놀기도 하면서요. 재이의 생활이 훨씬 나아졌을 것 같다고요? ……그런가요. 좋은 음식 때문인지 확실히 예전보다는 몸에 살이 붙고 피부에 윤기가 돌긴 했네요.

그로부터 얼마 지나지 않아서요, 사모님이 외출하고 없을 때였어요. 저는 재활용 쓰레기를 버리러 나갔다가 비명을 지르며 되돌아왔어요. 벌거벗은 재이가 머리칼을 빡빡 밀어 흉한 두상이 드러난 머리통을 치켜든 채 정원을 기어 다니고 있었어요. 뽀얀 얼굴의 정훈이가 개를 모는 사람처럼 느긋하게 앞서 걷고 있었고요. 창문 너머로 저를 발견한 정훈이가 웃으며 손을 흔들어 보였어요. 그 곁의 재이도 웃었어요.

　재이는 말을 아예 하지 않게 되었어요. 끼니때가 되면 정훈이는 커다란 양푼에 먹다 남은 음식을 섞어 재이에게 주었어요. 재이는 손으로 밥을 퍼먹다가 차츰 몸을 낮추더니 이내 양푼 속에 입을 들이밀고 게걸스럽게 밥을 먹어댔어요. 재이는 정훈이가 보지 않는 곳에서도 네 발로 기어 다녔어요. 혼자서는 목욕도 하지 않아서 참다못한 제가 억지로 끌고 가 그 애를 씻겨야 했지요. 재이의 거무스름한 몸은 갈비뼈가 드러날 만큼 비쩍 말랐으면서도 구석구석 날카로운 근육이 박혀 있었어요. 밤이면 사장님이 묶어놓은 사슬을 덜그럭거리며 방 안을 기어 다니는 소리가 제 방까지 들려왔어요. 한번은 사모님이 재이를 끌고 다니는 정훈이를 목격하고는 몹시 꾸중했지만, 정훈이가 밥을 굶고 방에 틀어박힌 뒤로 더 이상 재이를 데리고 노는 일에 간섭하지 않았어요. 그 시기에는 사모님도 바빴거든요. 정훈이의 학부모회 일에 쫓아다니느라고요.

　정훈이는 개에 관련된 책을 찾아 읽으며 동물의 습성에 맞추어 그 애를 훈련시켰어요. 이건 그냥 제 생각이지만……. 당시의 재이는 행복해 보였어요. 그제야 자신의 역할을 찾은 것

처럼요. 그 애는 온순하게 정훈이를 따랐고, 오랫동안 들여다
봐 주지 않으면 시무룩해져 있곤 했어요.

*

정훈이는 중학교에 다니는 내내 성적이 좋았어요. 3학년
때에는 외국어고등학교 시험을 보고 거뜬히 합격 통보를 받
았고요. 사모님이 기뻐하자 이런 것쯤이야 대수냐는 듯 웃었
지요. 그러니까 졸업을 얼마 앞두지 않은 무렵이었네요. 정훈
이에게 여자 친구가 생겼어요. 함수연이라고, 나란히 같은 학
교에 합격한 아이였지요. 학교를 마친 정훈이가 수연이와 함
께 집에 왔어요. 사모님은 부산하게 둘을 맞이했지요. 그도 그
럴 것이 정훈이는 그때까지 단 한 번도 친구를 집에 불러들
인 적이 없었거든요. 단정하게 자른 단발머리에 얼굴이 갸름
하고 예쁜 아이었어요. 깨끗하게 다림질한 교복 블라우스가
참 잘 어울렸지요. 어른에게 깍듯이 인사를 하고 식사를 하고
난 빈 그릇은 직접 개수대에 담가놓는 등 예의범절도 발랐어
요. 저녁을 먹고 난 둘은 거실에서 포도를 먹고 예전 앨범들을
구경하며 킥킥거렸어요. 사모님은 일부러 자리를 피해주려는
듯 방으로 들어갔고요. 밖이 어두워지자 수연이는 그만 돌아

가야겠다며 일어섰어요. 정훈이는 기특하게도 집까지 데려다주겠다며 점퍼를 가지러 2층 방으로 올라갔지요. 수연이는 테라스로 나와 정원을 구경하고 있었어요.

"어머, 저게 뭐예요?"

수연이가 정원 한 편을 손가락으로 가리켰어요. 어둠 속이라 잘 보이진 않았지만, 정원석을 보고 묻는 것이려니 싶었지요. 그때였어요. 거친 숨소리와 함께 무언가 재빠르게 정원을 가로질렀어요. 제가 엉덩방아를 찧은 것과 수연이 찢어질 듯한 비명을 내지른 것은 거의 동시에 일어난 일이었어요. 검은 물체는 수연이의 몸을 덮쳐 짓누른 채 침을 흘렸어요. 자갈에 머리를 부딪친 수연이는 정신을 잃고 쓰러져 있었어요.

소파에 옮겨진 수연이는 다행히도 곧 눈을 떴어요. 머리에 혹이 난 것 말고는 다친 데가 없는 듯했지요. 그 애는 겁에 질린 눈으로 눈물을 글썽였어요.

"엄청 커다란 개였어요."

"이 근처에서 키우는 갠데 대문을 열어두면 가끔 몰래 들어와."

정훈은 수연의 손을 잡아주며 태연스럽게 말했어요.

"물진 않으니까 괜찮아. 네가 좋아서 달려든 걸 거야."

여자 친구를 달래는 정훈이는 마치 어른 같았어요. 사모님은 거듭 그 애에게 미안하다며 사과를 했지요.

수연이가 돌아가고 난 뒤 정훈과 사모님은 지하실 방으로 내려왔어요. 재이는 족쇄가 풀린 채로 방구석에 앉아 있었어요. 손발에는 정원의 흙과 잔디가 묻어 있었지요. 정훈을 본 재이는 그 애의 발치까지 반갑게 기어왔어요. 정훈이 발을 치켜들어 재이의 턱을 걷어찼어요. 재이는 맥없이 방바닥으로 나가떨어졌지요. 사모님은 재이를 보며 몸서리를 쳤어요.

"아이, 끔찍해. 저런 게 집 안에 있었다니."

재이는 다시금 몸을 일으켜 슬금슬금 정훈이에게로 다가왔고 또 발길질을 당해 나자빠졌어요.

"엄마, 대체 저건 어디서 난 거죠?"

정훈이 물었어요. 사모님은 팔짱을 낀 채 문지방을 밟고 서서 인상을 찌푸렸어요.

"글쎄다."

헝클어진 머리칼 사이로 드러난 재이의 두 눈이 불안하게 정훈을 살폈어요.

"저걸 어디다 갖다버리죠?"

사모님은 불결하다는 듯 방문을 닫으며 대답했어요.

"날이 밝으면 아버지더러 내다버리라고 해야겠다."

100

"제가 볼 땐 사람이 없는 산속 같은 데가 좋겠어요. 갑자기 사람들을 공격하면 큰일이잖아요."

"그래, 그게 좋겠구나. 참, 논술학원 등록은 했니?"

두 모자는 사이좋게 대화를 주고받으며 지하실 방을 나갔어요. 저는 살그머니 방문을 열어보았어요. 재이는 덩그러니 앉아 저를 올려다보았어요. 재이가 난폭했느냐고요? 그럴 리가요. 수연이를 공격한 것 때문에 물어보시는 건가요? 이건 하도 오래된 일이라 확실하게 말할 순 없는데. 몇 해 전 사장님이 재이를 훈련시킬 때 말이에요. '테라스에 신발을 신고 올라가는 놈들을 보면 죽여서……' 어쩌고 했던 말을 얼핏 들었던 것 같아요. 수연이가 구두를 신은 채 테라스에 올라간 것이 재이의 눈에 거슬렸던 걸까요.

사장님은 아침이 오면 재이를 트렁크에 싣고 가서 버리겠다고 했어요. 자정이 가까워지자 가족들은 모두 잠자리에 들었어요. 저는 쉽사리 잠들지 못하고 한참을 뒤척이다 겨우 눈을 붙였지요.

한밤중에 가슴이 답답해서 눈을 떴어요. 매캐한 연기가 자욱했죠. 정신없이 지하실을 빠져나왔어요. 계단을 오르다가 위에서 떨어진 불길이 왼쪽 정강이에 붙었어요. 저는 계단에 놓인 걸레를 집어 있는 힘껏 다리를 후려쳤어요. 가까스로 정원까지 나온 저는 바닥에 나동그라진 채 덜덜 떨고만 있었어요. 온몸의 뼈마디가 녹슬어버린 것처럼 꼼짝도 할 수가 없었던 거예요. 사장님 내외의 침실이 있는 1층 창밖으로 불길이 치솟고 있었어요. 불은 기어오르듯 2층으로 번지고 있었지요. 그 커다란 집이 순식간에 불길에 휩싸였어요. 불길은 침몰하는 뱃머리처럼 밤하늘 위로 치솟아 사정없이 흔들리고 있었어요. 집 안에서는 비명조차 들려오지 않았어요. 그때 1층 창문 깨지는 소리가 들려왔어요. 불길 속에서 누군가 후다닥 뛰쳐나왔어요. 반가운 마음에 입을 벌린 순간, 저는 재이와 눈이 마주쳤어요. 그 애는 잔디에 뒹굴며 등에 붙은 불을 껐어요. 대문 밖에 웅성거리는 소리가 들려오더군요. 멀리서 소방차의 사이렌 소리가 들려왔어요. 재이는 저를 향해 다가오려다 말고 뒷마당 쪽으로 달려갔어요. 그 애는 불타는 건물을 돌아 모습을 감추었어요.

재이를 본 건 그게 마지막이었어요. 세 식구가 모두 죽었고, 저는 살아남았어요. 이게 제가 아는 전부예요.

형사님은 마치 재이가 복수하기 위해 불을 질렀다고 생각하시는 것 같군요. 그렇게 넘겨짚을 수도 있겠지요. 하지만 제 생각은 달라요. 그 애는 화를 낼 줄 모르는 아이였어요. 재이가 분노를 알았다면 일찌감치 모든 것이 바뀌지 않았을까요?

언젠가 재이가 아주 어렸을 때의 일이에요. 부엌에 들어와 제 곁을 맴돌다가 가스레인지 불에 뛰어드는 나방을 본 적이 있어요. 재가 되어 사라지는 나방을 보던 재이는 경악을 금치 못했지요. 저는 불을 조심하도록 주의도 줄 겸해서 그 애에게 말했어요.

"예전에 사모님이 말씀하셨지? 네 몸은 나비로 되어 있으니까 불 가까이 가면 큰일 나. 이렇게 후룩 타버리잖니."

재이는 두 눈을 크게 뜨고 힘주어 고개를 끄덕였더랬지요.

그 화재가 사고가 아니라 방화였다는 건 분명한가요? 만일 불을 낸 것이 재이의 소행이었다 할지라도 그게 결코 복수를 위한 건 아니었을 거예요. 그날 불길 속에서 홀로 뛰쳐나온 재이의 얼굴은 어쩐지 슬퍼 보였어요. 그 애는 아마도 정훈이를 구하기 위해 그 집으로 들어갔던 게 아닐까요?

……뭐라구요? 확실한 사실인가요? 2층 침실에 있던 정훈이는 불에 타지 않았다고요? 화재로 죽은 게 아니라 그 전에 이미 죽어 있었다니요? 지금 무슨 말씀을 하시는 거예요?

그만하세요. 너무 많은 얘기를 했는지 피곤하군요. 저는 이제 좀 쉬어야겠어요. 더 자세한 이야기는 나중으로 미뤘으면 해요. 지금 형사님이 하시는 말씀은 도무지 믿을 수가 없군요.

마지막 한 가지만 더요? 좋아요. 물어보세요. 20년이 넘는 시간 동안 재이의 존재를 알리지 않고 무얼 하고 있었냐구요? ……형사님. 그 집을 떠나게 되면 저는 대체 어디로 가라고요.

여기, 휠체어 좀 밀어주세요.

*

검찰은 숨진 박 모 씨의 주택 뒷마당에서 최영호 이사의 시신을 발굴했다. 부패한 시신은 골프채와 열여섯 살쯤 되는 체구의 아이 옷과 함께 매장되어 있었다. 화재 현장의 지하실에서는 목격자의 증언과 일치하는 족쇄와 쇠사슬이 발견되었다.

박 모 씨의 집에서 20년 넘게 가사도우미로 지냈던 목격자 윤 모 씨는 지난 23일 치료를 받고 있던 입원실에서 숨진 채로 발견되었다. 사망시간은 새벽 4시경으로 추정되며, 두 눈이 날카로운 것에 찔려 손상되고 목이 뜯긴 상태였다. 조사결과 목에 남아 있는 상흔은 개의 잇자국으로 밝혀졌다. 재이라고 불리는 사건의 용의자는 아직도 행방이 묘연하다.

플러스마이너스

소년을 피아노 앞에 앉힐 때에는 신중해야 한다. 햇빛이 비치는 거실 창가에 피아노가 놓여 있을 때는 더더욱 그렇다. 처음 피아노 앞에 앉은 소년은 매끄러운 건반을 내려다보았다. 그리고 악보를 들여다보려 했으나 창문으로 들이친 눈부신 빛이 반사되어 악보는 하얗게 지워져 있었다. 소년은 가만히 건반을 눌렀다. 선명하고 깊은 음이 맑게 울렸다. 파, 혹은 라였을 것이다. 음이 작은 고막에 가 닿는 순간 소년 안에 숨겨져 있던 음표 하나가 물집처럼 툭, 터졌다.

볕에 눈을 찌푸린 채 창밖 마당을 내다보던 소년은 대문이 반쯤 열려 있는 것을 발견했다. 단발머리의 작달막한 소녀가 소년의 집 대문 앞을 기웃거리고 있었다. 소년은 소녀를 향해 손짓했다. 호기심 가득한 눈으로 마당을 들여다보던 소녀가 조심스럽게 문을 열고 들어섰다. 화단에는 은방울꽃과 물망초가 피어 있었다. 빈자리에 심기 위해 갖다 둔 축축한 알뿌리들과 모종도 구석진 곳 신문지 위에 쌓여 있었다. 소녀는 깨끗한 유리창 가까이 다가와 피아노 앞에 앉은 소년을 향해 방긋 웃었다. 소년 안에서 무수한 음표들이 장미 열매처럼 다닥다닥 붉어지기 시작했다.

*

소년이 처음 소녀에게 한 짓은 흙을 먹이는 것이었다. 샌드위치의 희고 폭신폭신한 식빵을 떼고 녹은 치즈 위에 흙을 두 스푼 얹어 감추었다. 소녀는 망설임 없이 접시 위로 손을 뻗었다. 샌드위치를 한 입 베어 물자 와작, 흙이 씹혔다.

"개가 똥 싼 자리에서 퍼 온 건데."

소년은 노래를 부르듯 말했다. 소녀는 울상을 지으며 입에 든 빵조각을 뱉으려 했다.

"삼키지 않으면 네가 개똥을 먹었다고 소문낼 거야."

소녀는 혀 위에 얹은 샌드위치를 이러지도 저러지도 못한 채 울상을 지었다. 소년은 말없이 지켜보았다. 소녀는 남은 샌드위치를 만지작거리다가 굵은 눈물방울을 뚝뚝 떨어뜨렸다.
이윽고 꿀꺽, 빵조각이 가느다란 목을 부풀리며 넘어갔다.

"너 진짜 개똥을 먹었네. 아, 더러워."

자리에서 벌떡 일어난 소년이 진저리를 치며 소리쳤다. 그
는 경멸에 찬 시선으로 소녀를 내려다보더니 샌드위치 접시
를 걷어찼다. 샌드위치가 질펀하게 방바닥 위로 떨어졌다.

"아무한테도 말하지 않겠다고 약속해."

소녀는 엉거주춤 따라 일어서며 말했다. 소년은 매달리는
소녀의 눈동자를 들여다보았다. 그 속에 동그랗고 새까만 음
표 한 개가 떠 있었다. 음표는 가늘게 떨리며 반들거렸다.

"그럼 팬티를 벗어봐."

집에 어른들은 나가고 없었지만, 소년은 방문을 잠갔다. 머
뭇거리던 소녀가 팬티를 벗고 치마를 들쳐 올렸다. 소년은 소
녀의 가랑이를 벌리고 천천히 그 안을 들여다보았다. 봉긋 솟
은 둔덕에 투명한 솜털이 소복했다. 소년은 소녀의 성기를 손
끝으로 훑었다. 부드럽고 습하고 야릇하면서도 불쾌했다. 소
년은 소녀를 뒷마당으로 데리고 가 흙바닥에 오줌을 누게 했
다. 화장실 바닥에 누게 했다가는 집안 식구들과는 다른 오줌
냄새가 배어 어른들 중 누군가 알아챌 것 같았기 때문이다. 소

녀는 치맛자락을 모아 쥐고 쭈그려 앉았다. 오줌 줄기가 포물선을 그리며 솟아올랐다. 오줌 줄기는 햇빛에 반짝반짝 빛나며 잘게 부서져 흙바닥을 적셨다. 흙은 비밀을 삼키듯 순식간에 오줌 얼룩을 흡수했다. 소녀가 엉덩이를 털고 일어나려 하자 소년은 어깨를 밀어 넘어뜨렸다. 엉덩방아를 찧은 소녀가 어리둥절한 표정으로 소년을 올려다봤다.

"오줌싸개."

그날 이후 소년은 틈만 나면 소녀를 불러 괴롭혔다. 그는 다른 아이들처럼 부모님께 강아지나 고양이를 사달라고 조르지 않았다. 소녀는 그 어떤 애완동물보다도 순종적이었고 흥미로웠다. 때로는 지능이 낮은 동물처럼 한없이 둔하기도 했다. 마음껏 쥐어박고 벌주다가 조금 측은하다는 생각이 들면 부엌에서 케이크나 도넛 따위를 꺼내 먹이면 그만이었다. 소녀는 언제나 사양하는 법 없이 게걸스럽게 음식을 먹어 치웠다.

초등학교 입학식 날, 친척들에게 둘러싸여 사진을 찍던 소년은 저 멀리 서 있는 소녀를 발견했다. 소녀는 고개를 기우뚱한 채 운동화 코를 바닥에 찧었다. 허리가 구부정하고 비쩍 마른 노파가 소녀의 손을 잡고 있었다. 두 사람은 카메라도 꽂다발도 없이, 자신들의 초라함을 부끄러이 여겨 서둘러 운동장을 빠져나갈 생각도 않은 채 우두커니 서 있었다. 소년은 주변을 두리번거리던 소녀와 눈이 마주쳤다. 아는 체하며 그를 부르려던 소녀는 날벌레가 달려들었는지 돌연 턱을 뒤로 쑥 빼며 얼굴을 찡그렸다. 눈과 입이 흉하게 일그러졌다. 소녀는 비명을 지르며 노파의 뒤로 몸을 숨겼다. 노파는 공허한 얼굴로 허공을 응시하다가 천천히 소년이 있는 곳을 돌아보았다. 누군가 카메라의 셔터를 눌렀다. 사진에는 소년의 옆모습이 찍혔다. 빛 때문에 표정은 하얗게 지워진 채였다.

*

소녀는 뒷산 산책로로 들어섰다. 땀에 젖은 교복 블라우스가 등에 달라붙었다. 뒷산은 동네 사람들도 드나들지 않는 곳이었다. 산책로에는 가스통과 소주병이 굴러다녔다. 무성하게 우거진 나무들 아래로 음습한 어둠이 흘렀다. 소년과 그의 친구인 남학생은 썩은 나무벤치에 앉아 있었다. 소년이 술을 사온다며 산에서 내려갔다. 남학생이 소녀를 끌어다 벤치 옆자리에 앉혔다. 남학생의 손이 소녀의 가무잡잡한 목덜미를 만지작거렸다. 그는 블라우스 속으로 손을 집어넣었다. 소녀가 몸을 비틀며 거부하자 그가 와락 덤벼드는 통에 둘은 벤치 아래로 굴러떨어졌다. 벤치 뒤편의 쥐똥나무덤불에서 나방 몇 마리가 후르륵 날아올랐다. 남학생이 소녀의 배를 후려쳤다. 소녀는 비명을 삼키며 몸을 움츠렸다. 필사적으로 반항하던 몸짓이 멈추었다. 치마 아래로 팬티를 잡아 끌어내리려던 남학생은 여유가 생긴 듯 제 교복 바지를 먼저 벗기 시작했다. 문득, 그는 무슨 생각이 떠오른 듯 휴대전화를 찾아 바닥에 떨어진 가방 속을 더듬었다. 그가 쥐똥나무 덤불 아래 떨어진 휴대전화를 줍기 위해 몸을 구부렸을 때였다. 소녀가 냅다 남학생의 등을 떠밀었다. 그는 산책로 옆의 비탈길로 굴러떨어졌다. 비명이 끊기고도 그의 몸이 둔탁하게 굴러가는 소리는 얼마쯤 더 이어졌다.

소녀는 단추가 뜯겨나간 블라우스 앞자락을 여미며 비탈길을 내려다보았다. 짙은 풀 비린내가 올라오는 산비탈은 어둠에 잠겨 아무것도 보이지 않았다. 소녀는 후들후들 떨리는 무릎을 간신히 맞붙인 채 가방을 주웠다.

"너 지금……."

소녀가 소스라치게 놀라 돌아본 곳에는 소년이 서 있었다. 그는 묵직한 슈퍼마켓 비닐봉지를 들고 있었다.

"무슨 짓을 한 거야?"

112

소년이 비탈길 밑을 내려다보았다. 그는 술병이 쟁강거리며 맞부딪치는 비닐봉지를 흙바닥에 내려놓았다. 아래를 살피고 오겠다며 산책로 밑으로 내려갔다. 사방에서 울리는 벌레 울음소리가 철조망처럼 서로 얽혀 산을 가두었다. 한참 만에 저 밑에서 소년이 흔드는 휴대전화 불빛이 보였다. 다시 올라온 소년은 땀에 흠뻑 젖어 있었다.

"숨을 안 쉬어."

소년은 갓 태어난 짐승에게서 모락모락 솟아오르는 김처럼 묘한 열기를 뿜어내고 있었다. 그는 산책로 쪽으로 소녀를 밀쳐냈다.

"시체는 내가 알아서 할 테니까 넌 집에 가 있어. 입도 벙긋하지 말고."

소녀는 비틀거리며 산책로를 내려갔다. 다리에 힘이 풀려 넘어지는 통에 무르팍이 깨진 것도 알아채지 못했다. 산책로 입구의 전구가 깨진 가로등 밑에 다다르자마자 소녀는 미친 듯이 달음박질치기 시작했다.

소년이 소녀를 불러낸 건 다음 날 오후였다. 소년의 왼쪽 팔뚝에는 나뭇가지에 긁힌 듯한 상처가 나 있었다. 소녀는 블라우스 자락을 잡아당겼다. 지난밤 급히 손빨래한 블라우스

자락에는 흙 얼룩이 남아 있었다. 얼룩을 문지를수록 손때가
번져 옷자락은 점점 더 지저분해졌다.

"어제는……."

소녀가 창백한 얼굴로 입을 열었다.

"살인자."

소년이 말했다.

"살인자."

소녀이 다시 말했다.

*

한쪽 다리를 절던 소녀의 할머니는 늦여름 무렵 완전히 거
동할 수 없게 되었다. 소년은 비좁은 골목길 안쪽에 붙은 쪽문
을 두드렸다. 젖빛 유리문 너머로 실루엣이 어룽거리더니 소
녀가 문을 열었다. 맨발로 현관 타일바닥을 딛고 선 소녀는 할
머니의 오줌 주머니를 들고 있었다. 집 안에는 배설물 냄새와
욕창의 고름 냄새, 사람을 녹지근하게 만드는 병환의 기운이
고여 있었다. 소년은 신발을 벗고 소녀의 집 안으로 들어갔다.

단칸방 이부자리 위에 누운 노파가 퀭한 눈으로 소년을 올
려다보았다. 벌어진 입속에 까만 어둠이 바글거렸다. 비쩍 마른

노파는 미라 같았다. 어떻게 사람이 이렇게까지 여윌 수 있지. 소년은 인상을 찌푸린 채 머리카락이 얼마 남지 않은 노파의 건조한 두피를 살폈다. 오줌 주머니를 비우러 나갔던 소녀가 접시를 들고 왔다. 시들시들한 사과 조각 몇 개가 놓여 있었다.

"손은 씻고 깎은 거냐?"

소녀가 고개를 끄덕였다. 소년은 접시 근처에도 가까이 가지 않았다. 소녀가 사과 조각을 집어 조용히 씹었다. 허벅지에 모기 물린 자리가 덧나 부어올라 있었다. 덧난 자리에서 진물이 배어 나온 걸 보자 소년은 욕지기가 치밀었다.

소년은 이때껏 원하는 것이면 무엇이든 손에 넣었다. 부유한 집안에서 태어나 물질적인 어려움이 무언지 알지 못했고, 머리가 좋아 성적도 우수했다. 반듯한 차림새와 외모 때문인지 가끔 여학생들이 얼굴을 붉힌 채 그의 집 근처 길목을 서성이고 있기도 했다. 남학교의 급우들은 그를 좋아하면서도 어려워했다. 소년은 동갑내기 남학생들이 여자에게 호기심을 갖기 오래전부터 이미 소녀의 몸을 제 것처럼 다루어왔다.

그러나 얼마 전 그는 지금까지와 달리 못 견디게 갖고 싶은 것을 발견했다.

"총을 갖고 싶어."

소녀는 그의 말뜻을 이해하지 못한 채 사과를 우물거렸다.

소년은 며칠 전 슈퍼마켓 앞에서 보았던 최 형사를 떠올렸다. 최 형사는 평상 위에 퍼질러 앉아 하드를 먹고 있었다. 소리 내어 하드를 빨아먹는 입술 밑으로 축 늘어진 턱살과 빛바랜 감색 셔츠 위로 접힌 두툼한 뱃살이 살진 돼지를 연상시켰다. 최 형사와 눈이 마주친 소년은 예의 바르게 인사했다. 소년의 아버지와 친분이 있는 그가 씨익 웃으며 고개를 끄덕였다. 소년은 최 형사 허리춤의 가죽집에 꽂힌 권총을 흘끗 보았다. 불쑥 솟은 검은 리볼버의 손잡이는 수면을 박차고 하늘로 튀어 오르는 물고기처럼 유연하고 아름다웠다. 집에 돌아온 뒤에도 소년은 권총의 도발적인 자태를 쉽게 잊을 수가 없었다. 그런 매력적인 물건이 지방으로 출렁이는 최 형사의 몸뚱이에 붙어 있다는 것 또한 참을 수가 없었다.

"넌 내가 시키는 대로만 해."

소년의 말에 소녀는 잠자코 대꾸하지 않았다.

"안 그러면 경찰에 다 꼰질러 버릴 테니까."

협박하지 않아도 소녀가 고분고분하게 따르리라는 사실을 알고 있었다. 소년은 몇 달 전 뒷산에서의 일을 빌미로 소녀에게 많은 일을 시켰다. 인터넷 채팅으로 만난 남자와 원조교제를 하고 돈을 받아오도록 했다. 모텔 밖으로 나온 소녀가 돈을 건넸지만, 소년은 바닥에 침을 뱉고 중얼거렸다. 더러운 걸레. 소녀는 그 돈으로 두부와 청국장, 비누와 생리대 등을 샀다. 한번은 동네 여학교의 양아치들과 시비를 붙게 만들어 소녀가 죽도록 얻어맞는 모습을 멀리서 지켜보기도 했다. 소나기가 쏟아지던 어느 날엔 옷을 벗겨 공중화장실의 좌변기 칸에 온종일 갇혀 있도록 했는데, 밤늦게 찾아갔을 때 소녀는 변기 뚜껑 위에 올라앉은 채 오들오들 떨고 있었다. 소년은 열이 올라 몸이 불덩이 같은 소녀에게 옷가지를 던져주었다. 화장실을 나서려던 소년은 둥근 문손잡이 속에서 거꾸로 매달린 검은 음표를 보았다. 음표는 금방 흐트러질 물방울처럼 탱글탱글 흔들렸다.

"오늘은 그냥 가니?"

소년을 배웅하던 소녀가 과일로 끈끈해진 손가락을 옷자락에 닦으며 물었다. 소년은 힐끗 소녀를 훑어보았다. 허벅지의 불그죽죽한 모기 물린 자국을 보자 소녀의 몸을 만지고 싶은 욕구가 싹 사라졌다. 지금 소년이 원하는 것은 오직 까맣고 단단한 한 자루의 리볼버뿐이었다.

　　　　　　　　　　　　　　*

　최 형사가 평화서점 여자와 그렇고 그런 사이라는 것은 동
네 사람이면 누구나 아는 사실이었다. 서점 여자는 가게 안쪽
의 살림집에서 살았다. 살림집이라고 해봤자 수도꼭지와 버
너 한 개가 전부인 부엌과 화장실, 쪽방 한 칸이 전부였다. 최
형사는 밤낮 가리지 않고 틈만 나면 서점을 드나들었다. 둘이
쪽방에서 무슨 짓을 벌이는지는 뻔했다. 가끔 어수룩한 서점
여자의 교성이 옆 건물의 지물포까지 들려오기도 했다.

　"들어가 봐."

　소년은 화장실 창문을 가리켰다. 창문은 머리가 간신히 들
어갈 정도로 작았고 거미줄에 시커먼 먼지 덩어리가 들러붙
어 있었다. 소녀가 쭈뼛거렸다.

　"지금 경찰서로 갈까?"

　소년이 소녀의 가느다란 손목을 움켜쥐었다. 살빛이 노랗
게 질렸다.

　소녀는 휴지통을 밟고 창문 안으로 머리를 들이밀었다. 지
린내가 훅 풍겼다. 가까스로 배를 걸치자 몸이 기우뚱 앞으로
쏠렸다. 소녀는 아뜩한 현기증을 느끼며 고꾸라졌다. 정신을

차렸을 때는 화장실 타일 바닥이었다. 바닥에 고인 물로 등허리가 축축했다. 입에서 피비린내가 났다. 벽에 붙은 거울을 보자 입술이 터져 턱까지 피범벅이 되어 있었다. 소녀는 조심스럽게 화장실 문을 열고 나왔다. 시멘트 굴 같은 부엌은 후텁지근했다. 버너 위에서 무언가가 부글부글 끓고 있었다. 열린 방문 틈으로 살덩이 맞부딪치는 소리가 들렸다. 소녀는 조심스럽게 방 안을 들여다보았다. 최 형사의 옷가지가 방바닥에 널브러져 있었다. 조금만 손을 뻗으면 닿을 거리였다. 최 형사의 엉덩이가 허공에서 흔들거렸다. 소녀는 조심스럽게 방문을 열고 옷을 끌어당겼다. 바지가 문턱을 넘어설 때였다. 드르르륵. 휴대전화 진동이 울렸다. 소녀는 움찔하며 옷을 감싸 쥐었다. 다행히 최 형사는 눈치채지 못한 듯했다. 소녀는 총집에 담긴 총을 꺼내 주머니에 넣었다. 주머니가 묵직하게 처졌다.

"밖에 누가 있는 거 같은데."

서점 여자가 끙, 소리를 내며 중얼거렸다. 최 형사가 살을 출렁이며 일어서는 소리가 들려왔다. 몸을 피한다는 것이 바닥에 놓인 양푼을 건드렸다. 쩔그럭, 소리와 함께 소녀의 얼굴에서 핏기가 가셨다. 소녀는 종아리 언저리에 화끈함을 느끼고 비명을 삼켰다. 최 형사의 바지자락에 버너 불길이 옮겨 붙었다.

"누구야?"

　최 형사가 소리쳤다. 소녀는 안절부절못하다가 바지를 손에 쥔 채 서점으로 도망쳤다. 그 사이에도 불길은 옷을 타고 엉금엉금 기어 올라왔다. 부엌에서 신발을 끌며 서점 쪽으로 나오는 기척이 느껴졌다. 소녀는 들고 있던 옷을 팽개치고 서점 문의 잠금장치를 풀었다. 책 무더기 위로 불길 옮겨 붙는 소리가 후두둑, 새의 날갯짓처럼 들려왔다.

　밖으로 나온 소녀는 죽을힘을 다해 달렸다. 젖은 옷자락이 애원하는 짐승처럼 살갗에 감겨왔다. 걸음을 뗄 때마다 주머니 속의 총이 허벅지를 때렸다. 뜨거운 볕이 정수리를 찌르듯 내리쬐었다. 소녀는 가까운 건물로 숨어들었다. 건물 안은 조용하고 어두침침했다. 계단을 뛰어 올라간 소녀는 창밖을 내다보았다. 저 멀리 평화서점에서 시커먼 연기가 피어올랐다. 사람들이 어수선하게 길가에 모여 서 있었다. 소녀는 입술 위에 말라붙은 피딱지를 잡아 뜯었다. 간신히 멈추었던 피가 다시 미지근하게 흘러내리기 시작했다.

　소년은 그날 밤 총을 건네받았다. 총을 코에 갖다 대고 숨을 들이쉬었다. 고지대에 위치한 놀이터 저 아래쪽으로 평화서점이 내려다보였다. 검게 그을린 간판이 죽은 손톱처럼 매

달려 있었다. 소년은 소녀를 물끄러미 바라보다가 입을 뗐다.

"악마구나, 너."

악마라는 단어에 매달린 음표 한 개가 교수대를 오르는 죄인처럼 비틀거렸다. 소녀는 이마에 달라붙는 머리카락을 떼어냈다. 더운 바람이 불어왔다. 얇은 치맛자락이 나부낄 때마다 허벅지에 맺힌 푸른 멍이 드러났다가 사라지곤 했다.

*

소년은 리볼버를 바라보았다. 총은 꿈틀거리거나 짖지 않았다. 거울 앞에 서서 스스로를 겨누어보았다. 영화에서 본 것처럼 총구를 입안에 쑤셔 넣어보기도 했다. 소년은 총을 침대 위로 내던졌다. 아무 일도 일어나지 않았다.

*

불판 위의 삼겹살이 지글지글 익었다.

이등병인 소년은 부지런히 고기를 구웠다. 함께 외박 나온 선임의 얼굴에는 웃음이 만연했다. 부대에서 미친개라고 불리는 직속 선임이었다. 군대에 오기 전에는 인천에서 꽤 알아주는 건달이었다고 했다. 자기보다 계급이 높은 선임들과도 말을 트고 지냈으며 주먹을 남발했다. 소년도 그의 구둣발에 수차례 채였다.

선임이 차가운 소주병의 뚜껑을 열었다. 그는 옆에 앉은 소녀의 잔에 술을 채웠다. 한쪽 팔을 소녀의 어깨에 두르고, 군대 오기 전 불법게임장에서의 어깨 시절 이야기를 늘어놓았다. 소년은 익은 고기를 선임 앞에 놓아주었다. 마늘과 버섯, 양파도 구웠다. 선임의 손이 소녀의 가슴을 더듬는가 싶더니 과감하게 원피스 속을 파고들어 주물럭거리기 시작했다. 그의 재촉에 못 이겨 술잔을 비우고 난 소녀가 소년을 바라보았다. 소년은 선임 쪽을 턱짓했다.

삼겹살집에서 나온 소년은 슬그머니 자리를 피했다. 선임이 소녀를 끌고 근처 여관으로 들어갔다. 소년은 조금 떨어져 있는 다른 여관에 방을 잡고 잠을 청했다. 다음 날 아침 선임은 소년에게 해장국을 사 주었다.

"어린년이 얼마나 굴러먹었는지 테크닉이 죽이더라."

선임은 까맣게 썩은 앞니를 드러내며 웃었다.

그 뒤로 소녀는 꼬박꼬박 미친개의 면회를 왔다. 미친개는 소년을 친동생처럼 챙겼다. 부대 안의 누구도 소년을 함부로 대하지 않았다.

어느 주말은 선임이 인심을 쓴다며 소년을 데리고 면회실로 갔다. 면회 온 소녀는 분식집에서 사 온 먹을거리들을 플라스틱 테이블에 펼쳐놓았다. 우엉이 들어간 김밥은 약간 쉬어 있었다. 선임이 화장실에 간 사이 둘은 면회실에 덩그러니 남았다. 나무젓가락으로 육개장을 뒤적이던 소녀가 입을 열었다.

"할머니가 돌아가셨어."

소녀는 새까만 팔 뒤꿈치를 긁적이며 말을 이었다.

"얼마 전에 그 애를 봤어."

면회실 밖에서 화통하게 웃으며 떠드는 선임의 목소리가 들려왔다.

"경식이 말이야."

이경식. 그는 몇 해 전 소녀가 뒷산 산책로에서 밀어 떨어뜨렸던 남학생이었다.

처음 경식과 마주쳤을 때 소녀는 선뜻 그를 알아보지 못했다. 그쪽에서 먼저 다가와 알은 체를 해왔다. 경식은 그날 생긴 상처라며 이마 한 귀퉁이의 갈매기 모양 흉터를 보여주었다. 그는 그날의 장난을 소녀가 아직까지 알아채지 못하고 있었다는 사실에 경악하는 눈치였다.

"왜 그랬니?"

소녀가 물었다. 입술 언저리에 육개장의 숙주 조각이 묻어 있었다. 소년은 소녀의 아둔함이 혐오스러웠다. 이게 감히 누구한테. 자신을 쳐다보는 두 눈이 건방지게 느껴져 뺨이라도 한 대 후려치고 싶었다.

면회실 문이 열리고 선임이 들어왔다. 그는 소녀 곁에 붙어 앉아 긴 머리를 쓰다듬었다. 소년은 먼저 자리에서 일어났다.

*

소년은 대학교를 졸업한 후 대기업에 취직했다. 친척 어른이 임원직에 있는 회사로, 별 어려움 없이 입사할 수 있었다. 그가 몸담은 전략개발팀의 직원은 대다수가 남자였다. 소년 위로는 족제비같이 생긴 젊은 대리가 있었다. 키가 작고 비쩍 말라서 걸을 때마다 몸 어느 한구석이 위태로워 보이는 남자였다. 그는 툭하면 낙하산이라는 이유로 소년에게 야유를 보냈다. 대리에게는 두 살배기 딸이 있었다. 언젠가 그의 집들이에서 딸아이를 본 적이 있었다. 다행히도 부인을 닮아 눈망울이 크고 인상이 좋았다. 대리의 아내는 체구가 통통한 편이었다. 피부가 하얀 데다 이목구비가 순하게 생겨서, 딱히 도드라지는 얼굴은 아니지만 사람을 편하게 해주는 인상이었다. 집

124

들이 자리에서 소년은 그녀와 자주 눈이 마주쳤다. 과일을 깎는 그녀의 손을 한참 동안 응시하기도 했다. 흥건히 술에 취한 사람들 사이에서 소년의 시선을 알아챌 때마다 그녀의 얼굴은 약하게 달아올랐다가 가라앉곤 했다.

소년은 자주 월차를 내고 대리의 아내를 만났다. 그녀는 언니에게 아이를 맡기고 나왔다. 소년은 그녀의 티 없이 맑은 얼굴이 죄책감과 옅은 흥분으로 상기되는 모습을 바라보는 것이 못 견디게 좋았다. 소년은 커튼을 친 대낮의 호텔방에서 그녀의 풍만한 몸을 끌어안고 달콤한 꿈에 빠졌다. 만남을 거듭할수록 점점 그녀를 데리고 호텔 밖으로 나가고 싶은 욕구가 솟구쳤다. 이름난 식당을 찾아다니며 식사를 하고, 드라이브를 나가고, 함께 장을 보고, 언젠가는 그녀가 자신의 아이를 낳아주었으면 하는 데까지 욕심이 미쳤다. 그런 이야기를 할 때마다 여자는 괴로운 표정을 지었다. 힘들어하는 모습마저도 소년의 눈에는 아름답기 그지없었다. 볼품없는 족제비의 곁에 두기에는 여러모로 아까운 여자였다. 헤어질 때가 되면 소년은 몸서리가 쳐질 만큼 아쉬움을 느꼈다. 대리의 아내는 매번 어두운 얼굴로 그의 손을 내려다보며 중얼거렸다.

"오늘이 정말 마지막이에요. 이러면 안 돼요."

소년이 소녀를 찾아간 것은 몇 해 만이었다. 소년이 방문했을 때 소녀는 고추장에 밥을 비벼 뜨거운 물과 함께 먹고 있었다. 단칸방의 천장에 소불알 같은 알전구가 축 처져 있었다. 소녀는 집 근처 기사식당에 일을 다녔다.

"머리가 그게 뭐냐? 정신 사납게."

소년은 점잖게 핀잔했다. 소녀는 파마가 풀어진 머리칼을 노란 고무줄로 동여 묶었다.

"네가 할 일이 있어."

소녀는 무슨 일이냐고 묻지 않았다. 소년은 간단명료하게 상황을 설명했다. 그는 대리를 잠자리까지 끌고 가 증거물을 남겨올 것을 요구했다.

"사진도 괜찮지만, 기왕이면 동영상이 좋겠군."

얼마 뒤 대리의 아내 앞으로 작은 우편물이 배달되었다. 1기가 용량의 이동식 메모리 속에는 대리와 소녀의 동영상이 저장되어 있었다. 대리는 별의별 기괴한 체위를 흉내 내며 이성을 잃다시피 소녀의 위에서 날뛰었다. 흥분을 이기지 못하고 소녀를 때리거나 목을 졸라대기도 했다. 소녀는 무표정했다. 중간마다 카메라의 렌즈 쪽을 가만히 바라보고 있는 것 같기도 했다. 대리의 아내는 남편의 외도보다도 이제껏 본 적 없는 가학적인 행위에 치를 떨었다. 대리 부부의 이혼은 지지부진하게 진행되었다. 소년은 끈기 있게 그녀를 기다렸다. 이혼이 성사되던 날 여자는 어린 딸을 데리고 소년에게로 왔다. 소년은 그녀의 팔에 안긴 아이의 뺨을 지그시 눌렀다. 성격이 순한 아이는 소년을 향해 배시시 웃었다. 여자도 소년을 향해 웃었다. 그간 마음고생이 심했던 탓인지 통통했던 얼굴이 꽤 수척해져 있었다. 아이를 재운 뒤 소년은 여자를 방으로 데리고 갔다. 둘은 오랜만에 격렬한 시간을 보냈다. 서로의 몸에서 떨어져 나왔을 때는 이미 어둑한 저녁이었다. 창밖에 부슬부슬 비가 내리고 있었다.

"그만 가지?"

소년이 말했다. 여자가 의아한 듯 소년을 돌아보았다.

"시간이 늦었잖아. 그만 가봐."

여자가 얼굴을 붉히며 서둘러 돌아가고 난 뒤 소년은 침대 시트 위에 남은 구불구불한 털을 발견했다. 그는 시트를 걷어 세탁기 속에 넣었다. 여자가 멋대로 우산을 집어갔다는 사실을 깨닫고 소년은 나직이 욕을 내뱉었다.

소년이 다시 소녀를 만난 곳은 서울 변두리의 허름한 종합 병원이었다. 소녀는 6인용 병실 구석 자리에 누워 있었다. 왼쪽 관자놀이 옆으로 머리카락 빠진 자리가 휑했다. 소녀의 눈은 멍이 들어 퉁퉁 부어 있었고 팔뚝에는 대여섯 바늘 꿰맨 자국이 남았다. 소년은 물끄러미 소녀를 바라보다가 중얼거렸다.

"이런 꼴로는 쓸모가 없겠네."

소녀는 옆자리 여자가 건넨 바나나를 먹었다. 이가 부러진 자리를 피해 씹느라 입술을 힘겹게 일그러뜨려야 했다. 그때, 미친개가 병실에 들어섰다. 대낮부터 거나하게 취한 그는 술 냄새를 풍기며 가래를 돋우었다. 미친개는 소녀를 침대에서 쫓아내고 자신이 드러누웠다. 그는 옆에 비켜선 소년을 발견하지 못한 채 그대로 널브러져 잠들었다. 소녀는 보조침대에 걸터앉아 바닥에 떨어진 바나나 조각을 주워들었다.

미친개가 소녀를 찾아온 것은 지난가을의 일이었다. 전역 후 트럭에 발이 깔려 절름발이가 된 미친개는 더 이상 날고 기는 건달이 아니었다. 미친개는 매일 그녀가 일하는 식당에 찾아와 뚝배기불고기나 국밥을 먹고 갔다. 가끔은 어울려 다니는 동생들을 데리고 와 늦게까지 술을 마시고 가기도 했다. 그는 매일같이 소녀의 단칸방에 찾아오더니, 어느 날부터인가는 아예 돌아갈 생각을 하지 않았다. 처음 얼마간은 소녀에게 돈을 몇 푼씩 쥐여주기도 하고, 조잡한 꽃다발을 사다 떠안기기도 했다. 어느 날 그는 친한 동생이라는 젊은 여자를 데리고 왔다. 한바탕 싸움질을 하고 왔는지 갈색머리 여자는 독이 올라 씩씩거리고 있었다.

"아, 씨발. 오빠가 말리지만 않았어도 그 자리에서 확 조져버리는 건데. 내가 그거 모가지 그어버리려 그랬어. 그런 년은 죽어봐야 정신을 차리지."

담배에 불을 붙이던 여자는 소녀를 힐끗 돌아보았다. 그녀는 소녀를 향해 손을 휘휘 내저으며 억지로 웃어 보였다.

"언니, 미안해요. 나 신경 쓰지 말구 자요. 집이 아늑하니 좋네."

비좁은 단칸방에 미친개와 여자, 소녀까지 셋이 나란히 누웠다. 여자는 나흘을 더 묵었다. 미친개는 더 머물다 가라고 잡았지만, 그녀는 쌩하니 떠났다. 미친개가 주먹을 휘두르기 시작한 건 그즈음이었다.

소년은 긴 호스 위에 매달린 수액병을 바라보았다. 수액병은 2분의 1박자로 맞춰놓은 메트로놈처럼 느리게 흔들렸다.

소녀는 부어서 잘 떠지지 않는 눈으로 소년을 올려다보았다. 그는 시간을 확인하고는 얼굴을 약간 찡그렸다.

"큰일이네. 너한테 시킬 일이 있었는데."

미친개가 코를 골기 시작했다. 이런 일이 처음이 아닌 듯 병실 환자들은 서로 눈치만 주고받을 뿐이었다.

"너란 인간은 정말 도움이 안 되는군."

소년이 성가시다는 듯 중얼거렸다.

"왜, 무슨 일이었는데?"

소녀가 목을 가다듬고 물었다. 이가 빠진 자리에 네모난 어둠이 문처럼 뚫려 있었다. 소년은 소녀를 위아래로 한 번 훑어보고 대꾸없이 돌아서서 병실을 나갔다.

*

소년은 사진을 들여다보았다. 컴컴한 사진 속에 검은 음표 한 개가 부유하듯 떠다니고 있었다.

"무사히 착상됐어요."

곱슬머리 여의사가 말했다. 소년의 아내는 환한 얼굴로 소년의 손을 잡았다. 소년은 음표를 검지로 힘주어 눌렀다. 순간, 음표가 옆으로 움칠거리며 달아난 듯한 착각이 들었다.

"자기, 뭐하는 거야?"

소년의 아내가 가볍게 눈을 흘기며 소년의 손에서 사진을
빼냈다. 아내가 화장실에 간 사이 소년은 사진을 꺼내 찢어 버
렸다. 음표는 온데간데없이 사라지고 아내의 자궁 내부와 수
정란이 잘게 찢긴 채 얌전히 휴지통 안으로 빨려 들어갔다.

커피숍에 앉은 소녀는 접시에 담겨 나온 과자를 집으려다
말고 소년의 눈치를 봤다.

"공짜야. 먹어."

그러자 소녀는 과자의 비닐을 벗기고 쿠키를 부수어 먹었
다. 부스스한 머리칼이 흘러내려 과자와 함께 씹히는 것도 알
아채지 못했다. 눈 밑이 검게 뜬 소녀는 노파 같았다. 소년은
오래전 쪽방에서 보았던 소녀의 할머니를 떠올렸다. 거죽만
남은 얼굴이며 역한 배설물 냄새 따위보다 선명하게 기억나
는 것은 쪽방 방바닥에 깔려 있던 장판 색깔이었다. 멀미를 일
으킬 정도로 누렸던 장판.

소녀가 먼저 소년에게 연락한 것은 이번이 처음이었다.

"돈 좀 빌려줄래. 애가 생겼어."

소년의 시선이 소녀의 아랫배로 가 닿았다. 홀쭉하게 여윈

몸에 아랫배만 눈에 띄게 불룩 솟아 있었다.

"더 지나면 못 지운대."

소년은 소파에 등을 기댄 채 창밖을 내다보았다. 따사로운 봄 햇살이 한적한 길가를 내리비추고 있었다.

"낳아야지."

소년이 말했다.

"낳아."

소년이 다시 말했다. 소녀는 고개를 숙인 채 테이블의 유리 위에 흩어진 과자 부스러기를 손으로 눌러 떼어냈다.

"그럼 말이야."

한참 만에 입을 연 소녀는 잠시 입술을 물다가 말을 이었다.

"혹시 너 그 총 아직 가지고 있으면 나 좀 줄래."

물끄러미 소녀를 바라보던 소년이 별안간 큰 소리로 웃어 대기 시작했다. 커피숍 안의 사람들이 창가 자리의 두 사람을 돌아보았다.

"실탄도 없는 총을 뭐에 쓰게. 그거 처음부터 빈 총이었어."

소년은 입을 벌리고 자신을 바라보는 소녀를 향해 비아냥 거렸다. 소년은 웃음과 섞여 나온 기침을 콜록거리며 커피를 마셨다.

"죽이고 싶은 사람이 있었던 거 아니었어? 그래서 총이 가지고 싶은 거 아니었어?"

소년은 소녀가 당황하는 모습이 꼴사나웠다.

"그래도 줘."

소녀는 보채듯 말했다. 소년이 꿈쩍하지 않자 이번에는 어깨와 가슴을 흔들어 보이며 천박한 애교를 떨어 보였다. 소년은 혐오감을 참지 못하고 유리잔 속의 물을 소녀에게 끼얹었다.

딸랑. 소년이 커피숍을 나가자 문에 매달린 차임종이 짧고 맑게 울렸다.

*

"어이, 그 아가씨 또 온 거 같은데?"

회사 건물을 나서던 동료가 소년에게 말했다. 회사 로비 한편에서 소녀가 유령처럼 서성이고 있었다. 소년을 발견한 소녀는 몇 미터 간격을 두고 주춤주춤 그를 따라왔다.

커피숍에서의 일이 있었던 후로 소녀는 줄기차게 소년의 주변을 맴돌았다. 밤새 아파트 앞 정자에 앉아 소년의 집 베란다를 올려보는가 하면, 아내와 장을 보러 갈 때도 쫓아와 멀찍이서 소년을 지켜보고 있었다.

외진 골목에 들어선 소년이 소녀의 머리채를 움켜쥐었다. 소녀가 비명을 삼키며 소년의 바짓단을 붙들었다.

"나 그 총 주면 안 돼?"

소년은 집에 돌아와 방문을 잠갔다. 서랍장 저 깊숙한 곳에서 상자를 꺼내 열었다. 그는 리볼버를 주머니에 찔러 넣었다. 총을 건네받은 소녀는 대단한 선물이라도 받은 것처럼 쑥스러워했다.

"앞으로 내 앞에 나타나지 마."

소년은 이마에 땀을 훔치며 말했다. 바닥을 내려다보며 머뭇거리던 소녀가 조심스럽게 입술을 달싹였다.

"항상 날 찾아온 건 너였잖아."

소년이 소녀의 뺨을 후려쳤다. 소녀는 비명도 지르지 않고 풀썩 쓰러졌다.

그날 이후 소년은 불면증에 시달렸다. 처음 최 형사로부터 소녀가 총을 훔쳐왔을 때부터 리볼버에는 실탄이 들어 있지 않았다. 소년은 이제껏 수차례 거울과 벽, 창밖 사람들을 향해 방아쇠를 당겼었다. 총은 매번 헛바퀴만 돌아갈 뿐이었다.

그럼에도 불구하고 소년은 이상한 두려움에 휩싸였다. 어느 순간 길모퉁이나 문밖에서 소녀가 나타나 자신에게 총을

겨눌지도 모른다는 공포, 단단하고 뜨거운 총알이 튀어나와
뇌를 관통할 것만 같다는 공포, 어쩌면 총에 실탄이 있었을지
도 모른다는 공포, 아니 분명히 있었던 것 같다는 공포. 소년
은 무언가 몸에 스치기만 해도 얼굴이 파랗게 질렸다. 대낮의
사무실이나 사람이 많은 시내 한복판에서는 주위를 살피느라
신경이 곤두서 있었다. 임신한 아내와 각방을 썼으며 뒷덜미
를 건드렸다는 이유로 입사 동기의 멱살을 잡았다.

계속 이렇게 살 순 없다, 고 소년은 생각했다.

*

단칸방의 문손잡이는 쉽게 돌아갔다. 미친개는 나가고 없
는 것 같았다. 집 안에 눅눅하고 비릿한 냄새가 부유했다. 소
녀는 보이지 않았다. 소년은 총만 되찾아 돌아갈 생각이었다.

부엌 쪽에서 신음이 들려왔다. 부엌의 시멘트 바닥에 소녀
가 뒹굴고 있었다. 물을 끓이려던 중이었는지 양은대야가 가
스레인지 위에 놓여 있었다. 고무줄 치마 아래로 드러난 아랫
도리는 흠뻑 젖은 채였다. 소녀는 가까스로 팬티를 벗었다.

"애가 나오려나 봐."

소년을 발견한 소녀가 안간힘을 쓰며 말했다. 소년은 문지

방을 밟고 서 있었다.

"나올 때가 안됐는데."

소녀가 주먹을 움켜쥐며 부르르 떨었다.

"총 어딨어?"

소년이 부엌의 찬장을 눈으로 더듬으며 물었다. 긴 불면에 시달렸던 소년은 충혈된 눈으로 소녀의 목을 움켜잡았다.

"씨발, 너 누굴 죽이려고 총을 달랜 거야?"

"아냐. 빈 총이잖아."

붉게 피가 몰린 소녀의 얼굴에 푸른 혈관이 도드라졌다.

"너 나 죽이려고 그러지?"

소녀의 목을 쥔 손에 힘이 들어갔다. 소녀가 몸서리를 쳤다. 아냐, 아냐.

"그럼 누구야, 미친개? 씨발, 미친개 죽이려고 했던 거야?"

소녀는 고개를 저었다. 그녀는 간신히 바짝 마른 입술을 떼어 입 모양만으로 대답했다. 이윽고 소년은 소녀를 내동댕이 치듯 손을 떼고 몸을 일으켰다.

"도와줘. 물 좀 끓여줘."

소녀가 떨리는 목소리로 말했다.

"네가 낳으라고 했잖아."

소년은 뒷걸음질쳐 단칸방에서 나왔다. 그는 달리지 않았다. 일정한 속도의 걸음걸이로 골목에서 나와 차를 잡아탔다. 소녀의 가랑이 사이에서 떨어져 나온 검은 음표 하나가 소년의 뒤를 따라왔다. 음표는 너무 가볍지도 무겁지도 않았다.

*

어느 날 저녁 샤워를 마치고 나오던 소년에게로 전화가 한 통 걸려왔다.

소년은 오래전 야산의 비탈길을 달려 내려가던 무더운 날의 밤을 떠올렸다. 그가 비탈길 아래 다다랐을 때, 풀숲에 나자빠져 있던 경식은 가까스로 몸을 일으키던 중이었다. 그를 내려다보던 소년은 돌연 슬며시 웃고 그의 귓가에 무어라 속삭였다. 피가 흐르는 상처를 누르며 얼굴을 찡그리고 있던 경식도 이내 히죽거리며 고개를 끄덕였다. 소년은 산책로 저 위쪽을 향해 휴대전화 불빛을 흔들어 보였다. 멍청한 계집애가 바들바들 떠는 모습이 어둠 속에서도 훤히 보이는 듯했다.

전화는 경식이의 부고를 전했다.

"총에 맞았냐?"

소년은 친구의 말을 자르고 물었다. 그러자 그는 이 상황에

우스갯소리가 나오느냐는 듯 정색을 하며 대답했다.

"추락사야. 오피스텔 베란다에서 떨어졌대."

소년은 무심코 벽거울을 들여다보았다. 수화기 너머로 친구의 목소리가 이어졌다.

"현관문이 열려 있었대. 경찰은 누가 뒤에서 떠민 거로 보나 봐."

통화하던 소년은 목 뒤편에 못 보던 점이 생긴 것을 발견했다. 자그마한 타원형의 점은 물을 쏟아내기 위해 기울인 접시처럼 비스듬한 각도로 돋아 있었다. 그는 수화기를 입에서 떼고 아내를 향해 물었다.

"여보, 원래 여기 점이 있었나?"

그의 아내는 힐끗 그를 돌아보더니 무심히 되물었다.

"그런 거 아니에요?"

소년은 고개를 끄덕였다.

"넌 뭐 짚이는 것 좀 있냐?"

친구가 물었다. 소년은 활짝 웃듯 입꼬리를 올려 이를 드러냈다. 그는 말끔하고 가지런한 치아 상태를 확인하고는 다시금 무표정한 얼굴로 대답했다.

"나야 모르지."

K 이야기

그 동네에는 그녀의 방과 잿빛 바다가 있었다.

이따금 시멘트 담장을 쌓아올린 네모난 집들과 항구에 매어진 소형 어선, 고무대야 속에 우럭이나 문어 같은 것을 넣고 파는 노파, 투명한 관처럼 기다란 수족관을 내놓은 횟집의 간판, 수상한 바닷바람이 불어오는 방파제, 입구에 모조 담쟁이 덩굴을 늘어뜨려 놓은 여관, 중국집 앞에 쭈그리고 앉아 운동화 끈을 묶는 주방장의 어린 아들, 하늘을 가로지르는 바닷새의 기울어진 날개 같은 풍경들이 그녀의 걸음을 따라 물자국처럼 번졌다가 다시 하얗게 사라지곤 했다.

그녀의 방에는 24인치 텔레비전과 비디오 플레이어, 그리고 수많은 영화 테이프들이 쌓여 있었다. 그녀는 아침에 눈을 떠, 잠이 드는 순간까지 비디오 플레이어를 재생시켰다. 자정을 넘어서 어둠이 목구멍 너머로 복숭아 씨앗을 삼키듯 하루를 넘겨 보낼 때면, 그녀는 얇은 이불로 배를 감싸고 곤히 잠들었다. 엔딩 크레딧이 모두 올라가고 난 브라운관은 난처한 듯 파란색의 대기화면을 띄웠다. 방바닥 위에 놓인 그녀의 손바닥 위로 파란빛이 고여 호수를 이루었다. 삐이—, 탁! 타이머와 함께 필름 멈추는 소리가 들리고 텔레비전 전원이 꺼졌다. 비로소 밤이었다. 창틀 너머로 불어온 바닷바람에 솔기 뜯어진 커튼이 나풀거렸다.

여자의 배경에는 전구가 다 된 가로등처럼 K가 깜빡깜빡 나타났다 사라지곤 했다. 그는 지물포 가게 아들이었다. 아버지와 함께 스티커 식의 띠 벽지나 바닥 장판을 끊어 팔고, 작업 도구를 실은 봉고차를 몰고 나가 가게며 가정집에 새 벽지를 발라주었다. 점심때가 되면 가게 앞 평상에 아버지와 마주 앉아 미역국이나 육개장에 밥을 말아 먹었다. 그녀는 자전거를 타고 가게 앞을 지나며 K가 수저질 하는 모습을 훔쳐보았다. 그의 밥상에는 늘 생오이가 올라 있었다. 그는 물기 흐르는 오이를 고추장에 듬뿍 찍어 우적우적 씹어 먹었다. 그녀는 자전거로 길모퉁이를 돌아 전신주를 세 개 지날 때까지 바람

속에 실린 오이 냄새를 맡을 수 있었다.

　그녀는 가쁜 숨을 고르며 빠른 속도로 비탈진 골목길을 올라갔다. 골목 꼭대기에 다다르자 자전거에서 내려 철제 난간에 기댔다. 난간 틈으로 자라난 잡풀이 치마 밑의 종아리를 간질였다. 그녀는 방파제 너머 오래된 공장 건물을 바라보았다. 그녀의 아버지가 생전에 운영하던 통조림 공장이었다. 작은 규모의 공장에서는 소금에 절인 생선 통조림을 생산했다. 어린 시절의 그녀는 아버지가 전생에 거센 파도를 가르며 힘차게 바다를 헤엄치던 거대한 참치였을 거라고 생각했다. 아버지의 어깨는 참치의 등처럼 단단했고, 얼굴은 참치의 속살처럼 늘 건강한 빛으로 상기되어 있었다. 밤늦도록 돌아오지 않은 다음 날, 아버지는 공장 뒷마당에서 머리가 깨진 채로 발견되었다. 공장의 철조망 너머로 바다가 출렁였다. 그녀는 죽은 아버지의 살갗이 햇빛을 받아 눈부신 비늘로 뒤덮이길 기다렸다. 차가운 몸뚱이가 짙푸르게 변하며 칼집 같은 아가미가 벌어지고, 아버지는 곧 기운차게 꼬리를 퍼덕이면서 파도 속으로 뛰어들리라 믿었다. 그러나 시멘트 바닥에 수박처럼 붉게 깨진 머리는 초식동물의 죽음을 닮아 있었다. 그녀는 눈을 가늘게 뜬 채로 수평선을 바라보았다. 아버지의 주검이 치워지고, 몰려든 구경꾼들과 찌뿌둥한 표정의 형사들, 뒷마당 주변으로 쳐진 노란 폴리스 라인이 차례차례 증발하듯 사라졌다. 남은 것은 그녀와 바다뿐이었다.

숨을 거둘 당시 아버지는 취해 있던 것으로 밝혀졌다. 평소에도 그녀의 아버지는 공장 옥상에서 삼겹살 구워 먹는 것을 좋아했다. 그날은 사람들이 모두 자리를 털고 일어난 후에도 아버지 혼자 옥상에 남아 식은 고기에 소주를 마셨다고 했다. 형사들은 그녀의 아버지가 몹시 취해 옥상 난간에서 발을 헛디딘 것으로 추측했다. 그러나 그녀는 다른 이유가 있을 거라 생각했다.

그녀의 꿈은 영화감독이 되는 것이었다. 어렵다면, 조연 배우나 촬영 스태프라도 해보고 싶었다. 바닷가에서 나고 자란 그녀에게 비디오 플레이어는 눈부신 섬과 같았다. 수많은 영화들이 계절처럼 섬을 스쳐 갔다.

처음 영화를 접한 것은 다섯 살 무렵이었다. 그녀의 아버지는 공장에 나가 있는 동안 홀로 방에 남아 있어야 할 그녀를 위해 비디오 플레이어를 재생시켜놓곤 했다. 아버지는 점포 정리를 하는 비디오 가게에서 싼값에 테이프들을 사들였다.

그녀는 비스킷을 꺼내 먹듯 테이프를 골라 틀었다.

그녀는 〈라쇼몽〉의 폭우가 쏟아지는 낡은 절터 아래서 자욱하게 솟아나는 물안개 냄새를 맡았고, 첫사랑의 상대는 〈400번의 구타〉에 나오는 두 소년이었으며, 〈쇼걸〉을 본 뒤 처음으로 자신의 벗은 몸을 유심히 관찰했다.

쾅쾅쾅―. 누군가 문을 두드렸다.

문을 열자 비옷을 입은 K가 서 있었다. 가느다란 비가 흩날리듯 내리고 있었다.

"장마 끝나고 하시지. 잘 안 마를 텐데."

K는 운동화를 벗고 성큼 집 안으로 들어서며 말했다. 아버지가 쓰던 방에는 빈 벽장 하나가 남아 있었다. 벽장은 방의 한가운데에 비스듬히 놓여 있었다. 그녀가 혼자 옮기려 낑낑거리다가 발가락을 찧는 바람에 그대로 내려둔 것이었다. K는 여자를 지나쳐 방으로 들어갔다. 시큼한 풀 냄새 같기도 하고 눅눅한 비 냄새 같기도 한 것이 훅 끼쳤다.

K는 벽장을 부엌 쪽으로 내놓고 도배를 시작했다.

그녀는 멍울진 엄지발가락을 내려다보았다. 쏴악, 쏴악, 넓적한 마무리솔이 벽지 위를 쓸어내릴 때마다 집 안에 소나기 쏟아지는 소리가 울렸다. 그녀는 러닝셔츠를 입은 K의 몸을 바라봤다. 탄탄한 근육으로 굴곡진 팔이 오르내릴 때마다 등 근육도 탄력 있게 움직였다. 가만히 손을 내뻗어 K의 등 근육을 쓰다듬는 상상을 했다. 손바닥이 가볍게 움칠거렸다.

그녀는 커다란 냄비와 삼발이를 꺼내 가스레인지 위에 올렸다. 오전에 사둔 게가 스티로폼 박스 속에서 배를 드러내놓고 있었다. 곧 게를 찌는 냄새가 솟기 시작했다. 밥상 위에 수저 두 벌을 가지런히 놓고 신 김치를 썰었다. 사둔 지 오래된 차가운 소주도 올렸다. 그녀는 게찜과 두어 가지 반찬을 곁들인 밥상을 작은 방으로 옮기고, 그 앞에 다소곳이 앉아 있었다. 수건으로 이마를 닦으며 나온 K가 흘끗 작은 방 쪽을 쳐다보았다. 그녀는 볼을 살짝 붉히며 웃었다.

K가 그녀를 노려보았다. 눈가가 파르르 떨렸다. 그는 더 이상 못 참겠다는 듯 목에 걸려 있던 수건을 거칠게 잡아 빼 내동댕이쳤다.

"씨발, 너 지금 일부러 이러는 거지?"

그녀는 얼른 고개를 저었다.

열일곱의 봄이었다.

그녀는 당뇨병이 있는 아버지의 도시락을 들고 공장으로

향했다. 직원들은 아버지가 숙직실에 있다고 알려주었다. 숙직실 문은 잠겨 있었다. 그녀는 아버지를 놀래 줄 심산에 살금살금 컨테이너 뒤편으로 돌아갔다. 높은 곳에 뚫린 창문은 묵은 먼지가 껴서 누렇게 바래 있었다. 그녀는 자갈밭에 쌓여 있는 고무통을 끌어다가 엎어놓고 그 위로 올라섰다. 조심스럽게 창문을 열었다. 군용담요가 흐트러져 있는 침대 위에 아버지는 보이지 않았다. 통 위에서 내려오려던 그녀가 멈칫했다. 낯선 여자가 투덜거리며 숙직실의 화장실 문을 열고 나왔다. 여자는 허리까지 내려오는 갈색 머리카락을 매만지며 침대에 걸터앉았다. 검은색 원피스 밑으로 그물 무늬 스타킹을 신은 두 다리가 길고 매끈하게 뻗어 있었다. 잠시 후 화장실에서 뒤따라 나온 아버지는 벌거벗은 채 허리춤에 수건을 감고 있었다. 아버지가 여자의 허벅지에 손을 올리자 여자는 앙칼지게 손등을 때렸다.

"오늘은 됐거든요?"

아버지는 여자의 새침한 모습이 귀엽다는 듯 소리 내어 웃었다. 창문 틈으로 안을 엿보던 그녀는 귀를 의심했다. 숙직실에는 여자와 아버지가 있는데 그녀가 들은 것은 두 남자의 목소리였다.

"이쁘면 사진이나 찍어 주든가!"

여자가 핸드백 속에서 카메라를 꺼내 아버지 앞에 슬쩍 밀어놓았다. 여자는 다리를 벌리거나 땅을 짚고 엎드려 속옷을 드러내는 등 요염한 자세를 취했다. 아버지는 수건이 풀어지는 것도 아랑곳하지 않은 채 위치를 바꾸어가며 셔터를 눌렀다.

그녀가 들고 있던 도시락 통 근처에 벌 한 마리가 날아들었다. 그녀는 여자의 원피스 위로 불거진 굵은 골격을 보았다. 여자는 몇 달 전에 서울에서 내려온 지물포 가게 아들 K였다.

그녀는 이제껏 보아왔던 그의 모습들을 떠올렸다. 처음 동네에 도착해 가방을 고쳐 메며 역사 앞을 가로질러 가던 걸음걸이, 바다를 바라보며 담배를 피우던 옆얼굴, 역 근처 공중목욕탕에서 나와 젖은 머리를 털며 걸어가던 뒷모습 같은 것들.

집에 돌아오던 그녀는 허기를 느꼈다. 방파제에 걸터앉아 도시락 뚜껑을 열었다. 당뇨병 환자의 반찬은 그녀의 입맛에 맞지 않았다.

K는 수저로 게 껍데기 속을 파먹었다. 입가와 손이 게 국물로 번질거렸다. 그녀는 세 병째 소주병을 땄다. K는 가슴팍을 두드리고 트림을 하더니, 잔을 들어 술을 넘겼다. 반 이상

이 턱을 타고 흘러내렸다. K는 며칠 전 당구장 주인과 벌였던 다툼에 대해, 새로 들어온 벽지와 장마철 작업의 고역에 대해, 동네에 떠도는 더러운 개에 대해 말했다. 전혀 앞뒤가 맞지 않는 이야기들이 토막 난 뱀처럼 꿈틀거리다가 사라졌다. 우리 아버지 애길 좀 해봐요. 그녀가 빈 잔을 채워주며 말했다. K는 대답하지 않았다.

"술이 없군."

잔을 비운 그는, 빈 병들을 바라보며 중얼거렸다.

그녀가 자리에서 일어났다. 티셔츠를 벗고 고무줄 치마를 발목까지 내렸다. 당신도 알지요? 내가 아버지보다 더 먼저 당신을 좋아했어요. 그녀는 형광등을 껐다. 비 내리는 저녁의 축축한 어둠이 방 안으로 흘러들어왔다. 그녀는 반듯하게 누웠다. 그 몸을 멍하니 건너다보던 K가 엉금엉금 그녀의 위로 기어 올라갔다. 술 냄새에 섞인 게 비린내가 몸 구석구석을 훑고 지나갔다. 그녀는 손을 뻗어 자신의 아래를 향해 곧추선 그의 성기를 더듬었다. 그것은 그녀가 이런저런 물건에 빗대어 상상해오던 것보다 더 단단했다. 아버지가 당신을 버렸나요? 그녀는 K의 엉덩이를 쓰다듬었다. K가 그녀의 머리카락을 움켜잡고 몸속을 뚫으며 들어왔다. 머리카락 한 올 한 올을 타고 통증이 느껴졌다.

그녀는 비명을 지르며 고개를 젖혔다. 신발장 앞에 말리려고 펼쳐놓은 검은 우산이 눈에 들어왔다. 주차된 트럭에 우산살이 걸리는 바람에 한 귀퉁이가 찢어진 우산이었다. 허공을 향해 들쳐진 그녀의 멍든 발가락이 K의 움직임을 따라 흔들렸다.

다음 날 눈을 떴을 때, 그녀는 방바닥에 흩어진 게 껍데기들을 보았다. 그녀는 온전한 게 발을 골라 오랫동안 씹고 껍질을 뱉어냈다. 치마를 줍자 K가 떨어뜨리고 간 열쇠고리가 눈에 들어왔다. 그녀는 방바닥의 핏자국을 만져 보았다. 생기다 만 깻잎 크기의 핏자국은 거무스름하게 말라붙어 있었다. 그녀는 장판에 코를 대보았다. 게 비린내가 났다.

숙직실의 아버지와 그를 발견한 이후, 그녀에게는 아버지를 관찰하는 습관이 생겼다. 자전거를 타고 동네를 돌다 보면 어느 틈엔가 공장 주변을 맴돌며 아버지의 모습을 찾아 두리번거리고 있는 스스로를 발견했다. 그녀는 긴 가발 머리카락이나 화장품 냄새를 찾기 위해 아버지가 벗어놓은 빨랫감을 펼쳐 샅샅이 살폈다.

시간이 흐른 뒤에야 그녀는 자신이 정말로 원하는 게 무엇이었는지 깨달았다. 그녀는 아버지와 K가 알몸으로 뒤엉켜 있는 장면을 목격하고 싶었다. 아버지의 손이 그의 여성용 블라우스의 앞섶을 풀어헤쳤을 때 드러날, 판석 같은 가슴팍을 보고 싶었다.

아버지가 죽기 며칠 전 그녀는 골목 꼭대기의 놀이터에 있는 두 사람을 훔쳐보았다. 둘은 등받이가 썩은 나무 벤치에 앉아 있었다. 낡은 시소와 그네가 전부인 놀이터에는 기둥이 굵은 버드나무가 한 그루 서 있었다. 선선한 바람이 불었다. 나란히 앉은 두 사람의 머리 위로 버드나무 가지가 흔들렸다. 야구 모자를 눌러쓴 K가 주머니에서 무언가를 꺼냈다. K는 한동안 주먹을 쥐었다 폈다 했다. 이윽고 K가 아버지의 손을 끌어당겨 자신의 무릎 위에 얹었다. 그는 아버지의 가운뎃손가락에 반지를 끼워주었다. 반지 끼워진 손을 물끄러미 내려다보던 그녀의 아버지는 다른 한쪽 손바닥으로 마른세수를 했다.

오랜 정적 끝에 그녀의 아버지가 입을 열었다. 낮은 음색의 목소리는 그녀가 있는 덤불까지 닿지 않았다. 이윽고 아버지가 자리에서 일어섰다. 그녀는 재빨리 몸을 숙였다. 아버지가 떠난 뒤 K는 두 손에 얼굴을 묻었다. 그녀는 그의 어깨가 들썩이는 것을 보았다. 손가락 사이로 흐느낌이 새어나왔다. 벤치 위에는 그녀의 아버지가 두고 간 반지가 외로운 동물의 뼛조 각처럼 하얗게 남아 있었다.

다음 날 동네 족구대회에서 마주친 두 남자는 스스럼없이 사람들 속에 섞여 웃고 농을 주고받으며 공을 찼다. 운동장 벤 치에 생수통을 갖다 두던 그녀는 손으로 햇빛가리개를 하고 그들을 바라보았다. 웃통을 벗은 채 뛰고 있는 아버지와 K 사 이로 축구공이 기세 좋게 날아다녔다. 그러나 그녀는 그때 이 미, 부옇게 피어난 운동장의 먼지 속에서 햇빛처럼 부유하고 있는 눈부신 살기를 느꼈다고 생각했다.

비어 있던 옷장에는 K가 흘리고 간 옷가지와 양말이 쌓여 갔다. 새로 벽지를 바른 방은 여자의 방보다 조광이 좋았다. 그녀와 K는 창문을 활짝 열어놓고 등허리에 스치는 바람을 느끼며 서로의 몸을 쓰다듬었다. 그녀는 K를 무릎 위에 눕혀 귓속을 청소해주기도 하고, 방바닥에 배를 깔고 누워 그가 빌 려 온 만화책을 함께 보기도 했다.

비디오 플레이어를 재생시키면 그는 30분도 채 지나지 않 아 잠이 들었다. 그녀는 잠든 그의 티셔츠 속에 가만히 손을 밀어 넣었다. 젖꼭지와 수평을 이루는 밋밋한 그의 가슴을 확인할 때마다 그녀는 안도했다.

K에게는 온전한 남자이고 싶은 욕망이 없었다. 과거의 그는 이따금씩 여자가 되기도 했었다. 그녀는 그런 K를 떠올릴 때마다 불안했다. 그가 온전한 남자여야만 그녀 또한 온전한 여자일 수 있었다. 문제는 여자일 때의 K를 사랑하는 사람들이 있다는 것이었다. 그중 한 명이 그녀의 죽은 아버지였다. 그녀는 아버지와 그의 지속적인 관계가 단순한 페티시 성향 때문이었다고 믿었다.

그녀의 생각대로라면 아버지가 가진 K의 여장 사진들은 검은 비닐봉지 속에 싸여 장롱 밑이나 서랍 속 깊숙한 곳에 숨겨져 있어야만 했다. 그러나 아버지의 유품 속에서 발견한 그의 사진들은 하얗다 못해 순결해 보이기까지 한 하드커버의 앨범 속에 곱게 정돈되어 있었다.

아버지와 그녀는 K를 사랑했다. 아버지는 여자 모습의 K를, 그녀는 남자인 K를 사랑했다. 그녀는 아버지의 성향이 오래도록 혼자였던 외로움에서 비롯된 것이라 여겼고, 때문에 안쓰럽게 느껴지기도 했다.

오늘 오전 여덟 시경 서울 영등포구의 빌라 주차장에서 지난

3일 실종된 문지혜 양이 숨진 채로 발견되었습니다. 목격자인 최 씨는 주차된 자신의 자가용 밑에서 검은 비닐봉지 속에 담긴 시신을 발견해 경찰에 신고했습니다. 경찰은 범인이 문 양의 목을 졸라 숨지게 하였으며, 시신이 발견되었을 당시 사후 열 시간이 넘은 것으로 밝혔습니다. 실종된 지 열흘 만에 숨진 채 돌아온 문 양은……

K는 바지를 꿰어 입다 말고 뉴스에 집중했다. 그녀는 카메라에 비친 음습한 지하주차장을 건성으로 보았다. K는 뉴스 기사에 민감했다. 정치경제에 관련된 부분은 보는 둥 마는 둥 넘기다가 범죄에 관련된 사회 기사가 나오기 시작하면 심드렁한 체하면서도 귀를 곤두세우고 들었다. 그럴 때면 그녀는 일순간 차가워진 그의 살갗에 오톨도톨하게 돋은 소름을 손바닥으로 가만가만 쓸어주었다.

바닷가 동네에 오기 전, 이십 대 초반이었던 K는 트럭을 몰고 다니며 친구와 함께 과일 장사를 했다. 그는 싱그러운 과일 냄새를 싣고 전국 방방곡곡을 떠돌아다녔다. 수입이 없는 날에는 친구와 함께 알이 실한 사과로 저녁을 대신하기도 했다. 그녀는 눈을 감고 K의 트럭 뒷자리에 올라타는 자신의 모

습을 그려보았다. 싱싱한 과일 무더기 속에 앉아 영상카메라
의 녹화버튼을 누르는 그녀. 트럭이 달리기 시작하면 카메라
의 붉은 램프가 켜지고, K가 지나는 길들은 다시금 그녀의 카
메라 속으로 빨려 들어오는 것이었다.

그가 돌아간 뒤 그녀는 방을 청소했다. 테이프를 말아 쥐고
바닥에 떨어진 머리카락과 체모를 떼어냈다. 다음 주 화요일
은 K의 생일이었다. 그녀는 어떤 선물이 좋을까 고민했다. K가
진심으로 기뻐할 만한 것을 주고 싶었다.

화장실로 향하던 그녀가 허리를 구부렸다. 아랫배가 묵직
하게 당겼다. 팬티 속을 확인하자 계란 흰자 같은 냉이 묻어
있었다. 생리예정일이 몇 주를 훌쩍 지나고 있었다. 그녀는 망
설이던 끝에 임신 테스트기를 샀다. 어릴 적부터 그녀를 보아
온 중년의 약사는 무슨 말인가 건네려는 듯 입술을 달싹이다
가 그만두고 어색한 미소를 지었다.

그녀는 테스트기 사용설명서를 꼼꼼히 읽었다. 막대 끝에
오줌을 묻히고 기다리자, 검사창에 선명한 붉은 선 한 개가 떴
다. 그녀는 숨을 죽인 채 테스트기를 들여다봤다. 이어 물속에
가라앉아 있던 밧줄이 떠오르듯, 또 하나의 분홍색 선이 서서
히 나타났다. 아주 미약하고 희미한 선이었다. 그녀는 불빛에

이리저리 비추어가며 정말 붉은 선이 맞는지 확인했다.

"6주째네요. 여기 보이죠?"

여의사가 화면을 가리켰다. 그녀는 초음파 화면에 뜬 둥근 세포를 바라보았다. 손으로 꾹 누르면 툭 터질 듯한 작은 세포였다.

집에 돌아오는 길에 작은 선물상자를 샀다. 종이쿠션 속에 테스트기를 넣고 리본이 달린 상자 뚜껑을 닫았다. 그녀는 예상치도 못하게 K의 선물이 준비된 데에 벅찬 흥분을 느꼈다.

그녀는 열아홉에서 스무 살로 넘어가는 계절에 유독 잔병치레를 많이 했다. 병의 조짐이 보일 무렵이면 항상 비슷한 꿈을 꾸었다.

꿈속에서 아버지는 공장 기계를 돌리고 있었다. 그녀는 상자 위에 앉아 컨베이어 벨트를 바라보았다. 둥근 캔 속에 절인 생선 대신 K의 잘린 성기가 담겼다. 단단한 뚜껑이 닫히고, 스티커가 부착되었다. 직원들은 마스크를 쓰고 서서 통조림이 제대로 만들어졌는지 불량품 검사를 했다. K는 긴 머리카락을 가슴에 늘어뜨린 채 입을 가리고 웃었다. 그녀는 상자에서 내려와 통조림따개를 찾아 공장 안을 돌아다녔다. 막힌 뚜껑을 별모양으로 뜯어내고 액체 속에 잠긴 K의 물건을 꺼내야 했다. 그러나 번번이 통조림따개를 찾지 못한 채 공장을 헤매다가 갈증을 느끼며 깨어나곤 했다.

　화요일 오후, 서울에서 K의 친구가 내려왔다. 키가 크고 비쩍 마른 체구의 남자는 긴 앞머리로 한쪽 눈을 가린 헤어스타일을 하고 있었다. 그녀는 선물상자가 담긴 쇼핑백을 들고 K의 팔짱을 꼈다. 셋은 어시장 입구의 횟집에 들어갔다.

　그녀는 오랜만에 재회한 둘 사이에 방해가 되지 않도록 잠자코 있었다. 남자는 광어와 마늘, 된장을 듬뿍 넣은 상추쌈을 여러 개 싸 먹었다. 남자 쪽에서 선물을 준비하지 않은 눈치여서 그녀는 상자를 건넬 틈을 얻지 못했다. 빈 소주병이 쌓여갔다. 식은 매운탕을 여러 차례 데워달라고 하고, 산오징어를 추가로 주문했다. 세 사람은 새벽 두 시가 다 될 무렵에야 가게에서 나왔다. K의 방은 두 명의 사내가 눕기에는 비좁았다. 그는 취한 남자를 부축하여 역 앞 모텔 쪽으로 향했다. 두어 걸음 뒤처진 채 걷던 그녀가 K를 불러 세웠다. K가 불그레한 얼굴로 그녀를 돌아보았다.

　K는 새로 벽지를 바른 방에 친구를 눕혔다. 그가 남자의 잠자리를 정돈해 주는 동안 그녀는 샤워를 했다. 욕실에서 나온

그녀는 옆방의 열린 문틈을 들여다보았다. 키 큰 남자의 두 다리가 이불 밖으로 비죽 튀어나와 있었다. 그녀는 남자의 열 개 발톱에 말끔하게 발린 장밋빛 매니큐어를 보았다.

방으로 들어와 텔레비전을 켰다. K가 눈부시다는 듯 그녀의 무릎 밑으로 머리를 묻었다. 그녀가 그의 귓불을 만지작거렸다. 있잖아요, 여자 옷이 입고 싶으면 입어도 돼요. K가 고개를 들고 그녀를 올려다보았다. 그래서 더 흥분이 되고, 그……런 걸 잘 느낄 수 있는 거라면요. 〈롤리타〉의 퀼티는 어린 여자애랑 하는 걸 좋아하고, 〈피핑톰〉의 마크는 여자를 몰래 훔쳐볼 때 더 흥분하는 것처럼. K가 몸을 일으켜 앉았다. 그는 머리칼이 헝클어진 채로 멍청히 그녀를 쳐다보았다.

"그런 게 아니야."

그녀는 조바심을 내며 K에게 바짝 다가앉았다. 그런 거잖아요.

"여자를 흉내 내는 게 아니라니까."

K의 시선이 그녀와 마주쳤다. 그는 그녀가 자신의 말뜻을 이해하고 있는지 살피는 눈치였다. 정적이 흘렀다. 이윽고 그는 말을 잇는 대신 맥 빠지는 웃음을 흘렸다.

"그냥……. 네가 생각하는 거랑은 다른 거야."

그가 그녀의 손등을 감쌌다. 그의 손은 따뜻했지만, 더 이상 묻지 말라는 뜻이 무게에 담겨 전달되었다.

그녀는 K의 팔을 베고 누웠다. 옆방에서 친구가 잠결에 끙끙거리는 소리가 들려왔다. K는 그녀의 정수리를 만지작거리다가 입을 열었다.

"나 서울 가."

그녀는 감았던 눈을 떴다. 그럼 나는요? 그는 대답이 없었다. 그녀는 방구석에 선물상자가 담긴 쇼핑백을 응시했다. 이제 막 심장이 뛰기 시작한 태아가 그녀의 배 속이 아닌 상자 속에서 자라고 있는 것처럼 생각되었다. 그녀는 그의 귀 가까이로 입을 갖다 댔다. 그날 밤에 공장으로 들어가는 당신을 봤어요. 남자의 숨결이 멈추었다.

아버지가 늦길래 마중을 나갔다가요. 당신, 긴 체인 핸드백을 메고 사람들 눈을 피해서 두리번거리며 걸었죠. 거의 뛰다시피 말이에요. 나는 당신이 들어가는 걸 보고 걸음을 돌려서 집으로 왔어요. 아버지는 옥상에서 떨어질 때 비명을 질렀나요? 당신은 피 흘리는 아버지에게 다가가서 정말 죽은 게 맞는지 확인을 했나요, 아니면 겁에 질려서 정신없이 공장을 빠져나왔나요?

K가 그녀에게서 몸을 뗐다. 그는 떨리는 손으로 티셔츠를 주워 입었다.

"내가 죽인 게 아니야."

그가 혼잣말처럼 중얼거렸다. 그의 손이 방문 손잡이를 돌리는 순간, 그녀는 나직이 그의 이름을 불렀다. 걱정하지 말아요. 아무에게도 말하지 않을 거예요. 대신 부탁 하나만 들어줄 수 있어요? 그녀가 어둠 속에서 K를 향해 손을 내밀었다. 우두커니 서 있던 그는 허공에 떠 있는 그녀의 손을 잡았다.

그녀는 공장 창고의 불을 켰다. 조도가 낮은 알전구 불빛이 사지를 뻗어 창고 안을 비추었다. K는 메고 있던 가방을 내려놓았다. 지퍼를 열자, 미역처럼 길고 검은 가발이 흘러넘치듯 나왔다. K는 옷을 벗고 알몸이 되었다. 그는 성기를 뒤로 넘겨 레이스 팬티를 입고, 젤리 덩어리 같은 인조가슴이 부착된 브래지어를 착용했다. 오늘의 의상은 밑단에 비즈가 달린 원피스였다. 그는 능숙하게 등 뒤로 손을 뻗어 원피스의 지퍼를 올렸다. 팬티스타킹의 비닐 포장을 벗기고 스타킹을 둘둘 말아 발끝에서부터 끼워 넣었다. 녹색 베이스를 콩알만큼 덜어 얼굴에 퍼 발랐다. 튜브형 파운데이션을 짜서 손바닥에 개어놓고는 손끝에만 약간 묻혀 얼굴 곳곳에 찍어 발랐다.

"얇게 바르고 오래 두드리는 게 중요해."

K가 들릴 듯 말 듯한 목소리로 말했다. 그는 아이라인을 칠한 속눈썹 위에 낙타의 것처럼 길게 뻗은 인조 속눈썹을 이쑤시개 끝으로 살살 눌러가며 붙였다. 브러쉬에 오렌지색 볼터치를 묻혀 두 볼 위에 둥글게 굴려 바르고, 어두운 색상의 쉐이딩 제품으로 얼굴 윤곽을 다듬었다. 이마와 콧대에 정성스레 하이라이트를 넣은 뒤 립글로스까지 바르고 나자, 그의 얼굴은 도도한 눈매의 여자로 바뀌어 있었다.

머리망을 고정시키고 가발을 뒤집어쓰던 K는 자신을 지켜보고 있는 그녀의 눈길을 느끼고는 쑥스럽게 웃었다. 그는 발끝이 살짝 엿보이는 하이힐을 신었다. 그리고 실크스카프를 둘러 목젖을 감추는 것으로 단장을 마쳤다.

그녀는 파우더를 발라 보송보송한 그의 뺨을 손끝으로 훑었다. 향수 냄새가 나는 목덜미에 코를 묻고, 손에 익숙한 그의 단단한 어깨를 찾아 원피스 위를 더듬었다. 그녀는 천천히 옷을 벗었다. 평소 같았으면 벌써 일어섰을 그의 아랫도리가 잠잠했다.

"이대로는 안 선다니까 그러네."

　K가 생수통에 담긴 물을 마시며 곤란한 듯 중얼거렸다. 할 수 있어요. 당신은 남자잖아요.

　그녀는 스타킹이 죄고 있는 그의 허벅지를 부드럽게 애무했다. 그러나 레이스 팬티 속에 눌린 그의 성기는 이미 그의 일부분이 아닌 듯, 조금도 움직이지 않았다. 그가 그녀의 얼굴을 두 손으로 감쌌다.

　그녀는 K의 두 눈에 일렁이고 있는 연민을 보았다. 얼굴을 빼내려 했지만 그의 악력이 점점 세졌다. 심장박동이 빨라지기 시작했다. 그녀는 그의 새끼손가락에 눌린 목을 꿈틀거리며 마른 침을 삼켰다.

　얼굴을 옥죄고 있던 손이 스르르 풀렸다. K가 그녀의 머리를 쓰다듬었다. 그는 하이힐을 벗고, 작업 테이블 위에 그녀를 뉘였다. 그녀는 등짝에 닿는 냉기에 진저리를 쳤다. 이윽고 몸이 격렬하게 흔들리기 시작했다. 리듬도 호흡도 없는 움직임이었다. K의 귓불에 매달린 커다란 귀걸이가 그녀의 귓가에 늘어져 찰락거렸다. 긴 머리칼이 젖가슴을 스치고 뺨과 목덜미에 끈적거리는 립글로스가 얼룩졌다. 그가 그녀의 몸에서 떨어져 나갔다. 그녀는 죽은 듯 누워 있었다. K는 가쁜 숨을 몰아쉬며 비틀거렸다. 벌컥벌컥 물을 들이켜고 상자 위에 걸터앉았다.

"너는 남자인 나를 사랑한다고 말하지만, 네가 사랑하는 나의 모습은 여자인 나 없이는 만들어질 수 없는 것들이야."

벌레 한 마리가 빠르게 창고 바닥을 가로질러 사라졌다. K는 창고 벽에 기대어 앉은 채 눈을 감았다. 그녀는 반쯤 열린 창문 너머로 철조망 건너 바다의 파도소리가 달려오는 것을 들었다. K의 고개가 서서히 기울어졌다. 그녀는 일어나서 주섬주섬 옷을 주워 입으며 산타루치아의 가사를 흥얼거렸다. 창공에 빛난 별 물 위에 어리어 바람은 고요히 불어오누나 내 배는 살같이 바다를 지난다 산타루치아 산타루치아. 치마에 발을 넣던 그녀가 약간 기우뚱했다.

K는 곤히 잠들어 있었다. 그녀는 헝클어진 머리칼을 귀 뒤로 넘기고 K의 앞에 쪼그리고 앉았다. 긴 속눈썹이 그의 두 볼 위로 그림자를 드리우고 있었다. 그녀는 바닥에 굴러다니는 빈 생수통을 보았다. K는 앞으로 족히 예닐곱 시간 죽은 듯 잠들어 일어나지 못할 것이었다. 녹고 남은 알약 가루가 생수통 밑바닥에 침전되어 있었다.

그녀는 창고 구석에 놓인 손수레를 끌어왔다. 어제 미리 거미줄을 털어내고 닦아놓은 손수레 안은 깨끗했다. 그녀는 K의 어깻죽지에 손을 넣어 손수레로 끌어 올렸다. 벌어진 다리 사이로 원피스 자락이 말려 올라갔다. 긴 머리채가 손수레 손잡이 너머로 쏟아져 출렁였다. 그녀는 차분한 걸음걸이로 손수레를 밀고 창고를 나섰다. 손수레는 아버지의 주검이 있던 자리 위를 지나쳐 공장 입구를 향해 달달 거리며 나아갔다.

아버지가 죽던 날 저녁, 그녀는 공장으로 들어가는 K를 보았다. 그녀는 집으로 돌아서려다가 빙글, 몸을 돌려 K를 뒤따라갔다. 아버지는 건물 옥상의 신문지 위에서 술을 마시고 있었다. 어둠 속에서도 그릇에 담긴 상추의 연둣빛은 선명히 눈에 들어왔다.

아버지와 K 사이에 다툼이 있었다. K가 핸드백으로 아버지를 때렸다. 그녀의 아버지는 꿈쩍하지 않았다. 그녀의 귓가에 들려온 단어라고는 '킹사이즈 침대'뿐이었다. 이윽고 둘의 다툼이 격해지기 시작했다. 그녀의 아버지가 K의 머리채를 잡았다. 눌러 쓴 가발이 껍질처럼 벗겨졌다. K는 아버지를 향해 저주를 퍼부었다. 그는 하이힐을 벗어 두 손에 들고 옥상에서 내려갔다. 아버지는 혼자 옥상에 선 채로 물끄러미 손에 움켜 쥔 가발을 내려다보았다. 아버지는 가발을 털어 헝클어진 머리카락을 정리하더니 자신의 머리에 뒤집어썼다. 그녀는 옥상 난간에 기대어 서 있는 아버지의 가발 쓴 뒷모습을 바라보았다.

사다리 안쪽에 숨어 있던 그녀가 슬그머니 모습을 드러냈다. 아버지가 뒤를 돌아보고는 놀란 얼굴을 했다. 우리 딸, 웬일이냐. 과장되게 팔을 들어 올리던 아버지의 머리에서 가발이 미끄러졌다. 아버지는 난간 너머로 떨어지는 가발을 잡기 위해 손을 내뻗었다. 허리에 못 미치는 높이의 난간을 사이에 두고 몸이 기우뚱했다. 물 빠진 티셔츠 자락이 나풀거렸다. 그녀는 숨죽인 채 꼼짝 않고 아버지를 지켜보았다. 아버지의 손이 가발에 닿는 순간, 허공을 향해 붕 떠오른 두 발을 보았다.

비명은 짧았다. 그녀는 계단을 내려갔다. 아버지는 공장 뒷마당에서 눈을 부릅뜬 채 숨져 있었다. 그녀는 아버지의 손에 쥐어진 가발을 내려다보았다. 아버지의 손가락을 하나씩 펴고 가발을 빼냈다. 끊어진 몇 올의 머리카락도 말끔히 주워냈다. 검붉은 피가 번져 시멘트 바닥으로 스며들었다.

그녀는 가발을 돌멩이에 묶어 바닷속에 던져버리고 집으로 돌아갔다. 비디오테이프 두 개짜리의 장편 영화를 보다가 눈을 감았다.

K의 비뚤어진 가슴을 고쳐 주었다. 그녀는 울퉁불퉁한 바위 위로 손수레를 밀고 나아갔다. 밤바다는 한창 재생 중인 필름처럼 출렁이고 있었다. 그녀는 있는 힘껏 손수레를 기울였다. K의 몸이 힘없이 미끄러졌다. 바위 위에 떨어진 K의 스카프가 어둠 속에서 하얗게 나풀거렸다. 그녀는 짧은 탄성을 내질렀다. 달빛에 빛나는 스카프는 수면 위로 날아오르는 참치의 은빛 비늘을 닮아 있었다. 바다는 가뿐히 K를 삼켰다. 그녀는 촤아, 하고 기포가 올라오는 소리에 귀를 기울이다가 잠깐 눈시울을 붉혔다. 배 속의 아기가 건강한 아들이었으면 좋겠다고 생각했다.

돌아서려던 그녀는 손수레 안에서 반짝이는 무언가를 발견했다. K의 귀걸이에 달려 있던 모조 보석이었다. 그녀는 그것을 주머니 속에 넣고 길을 나아갔다. 아기가 일곱 살이 되면 자전거를 가르치리라. 그리고 너의 아버지는 커다란 생선을 잡으러 다니는 어부였다고 말해줄 생각이었다. K가 잡은 참치의 빛나는 눈동자가 그녀의 주머니 속에 담겨 있었다. 아마도 그날이 오면…… 삐—

탁.

쥐

재호는 쥐를 봤다고 했다. 주먹보다 더 크고 투실투실하게 살이 오른 쥐. 묵은 걸레처럼 시커먼 몸뚱이에 꼬리는 회충만큼 길고 가느다란. 그의 장황한 설명은 끝없이 이어졌다. 쥐는 흐트러진 이불 위에서 도망갈 생각도 않은 채 수염이 돋은 입을 씰룩였다. 재호는 조심스럽게 옆에 있던 쓰레기통을 비워 들고 쥐에게로 다가갔다. 쥐는 재호가 다가올 때까지 영문을 모르는 척 엎드려 있다가 그가 쓰레기통을 씌우려 하자 재빠르게 뒤로 물러났다. 베개 위에 올라탄 쥐가 약을 올리듯 재호를 쳐다보았다. 재호는 방문을 닫고 목을 우두둑 꺾었다. 몸을 낮춰 자세를 잡고 쥐를 향해 달려들었다. 이번에도 쥐는 침대 발치로 가뿐히 몸을 옮겼다. 결국 온종일 사투를 벌인 끝에 재호는 간신히 쥐를 잡는 데 성공했다. 그는 쥐의 몸통을 쓰레기통으로 덮고 밑바닥을 달력으로 받쳐서 베란다 밖으로 던져버렸다고 했다.

"열 받아서 토막을 내고 싶은 걸 그냥 버렸어. 4층이니까 죽지 않았을까?"

그는 혹시 집에 오는 길에 죽은 쥐를 보지 못 했느냐고 물었다. 미영은 그의 말에 대꾸하지 않았다. 이번에 이사 온 집은 쥐는커녕 바퀴벌레도 잘 나오지 않는 깨끗한 신축 빌라다. 베이지 톤의 벽지를 바른 벽 어디에도 쥐가 드나들 구멍이라고는 없었다.

"구석 같은 데에 검은 부스러기가 있나 잘 봐봐. 쥐똥일 수 있어."

재호는 남아 있는 쥐를 찾듯 집 안을 찬찬히 둘러보며 말했다.

"그래서? 쥐를 잡느라고 여태 여기 있었어?"

미영은 식탁 위에 물컵을 내려놓으며 그를 노려보았다. 그는 할 말이 없다는 듯 눈썹을 긁적이면서도 여전히 방바닥에서 시선을 떼지 못했다.

"시간이 이렇게 된 줄도 몰랐다, 야. 내일은 꼭 알아볼게. 근데 오늘도 회식했어? 늦었네."

"됐고. 얼른 짐 싸. 모텔에라도 가서 자."

그녀가 침대 밑에 놓인 그의 가방을 낚아챘다. 만두를 여러 개 쑤셔 넣은 볼처럼 불룩한 크로스 가방과 백팩을 질질 끌어 현관문 앞에 던졌다.

"오늘 금요일이잖아. 모텔비 비싼 거 뻔히 알면서 그래. 화 내지 마. 내일은 일수 방이라도 꼭 구할게."

그는 해장거리를 준비하겠다며 냄비에 물을 받고 냉장고에서 대파를 꺼내는 등 부산을 떨었다. 미영은 발치에 쓰러져 있는 백팩을 걷어찼다. 짐을 잔뜩 채워 넣은 백팩은 꿈쩍도 하지 않았다. 현관 타일 바닥에 쥐를 잡는 데 사용했다는 빈 쓰레기통이 뒹굴고 있었다. 그녀는 신물처럼 새어나오려는 욕지기를 삼키며 속옷을 챙겨 욕실로 들어왔다. 쥐가 나왔다니. 집을 나가지 않으려는 그의 변명과 거짓말은 날이 갈수록 수준이 떨어지고 있었다. 라면 물을 끓이다가 데었다며 손에 붕대를 감고 누워 있을 때나 아버지가 쓰러지셨다고 뛰쳐나가 자정이 다 되어서야 돌아오곤 하던 때에는 서툴게 짜 맞춘 이야기를 애써 태연하게 늘어놓는 모습이 측은해서 그녀도 속아주는 척 넘어갔다. 한때 사랑했던 그의 절박하고 초라한 얼굴을 정면으로 마주하는 게 민망하기도 했다. 몇 번 눈을 감아

주자 그는 계속해서 미영의 집에 얹혀 있을 만한 핑계를 만들어냈다. 그에게 방 한 칸 내주지 않는 친구와 친척들이 하루가 멀다고 봉변을 당했고, 그가 보러 간 집마다 도저히 들어가 살 수 없는 구구절절한 사연을 안고 있었다. 하지만 멀쩡한 집에서 쥐라니. 이건 정말이지 그녀를 병신으로 보지 않고서야 지어낼 수 없는 이야기였다.

화장실의 변기 덮개가 또 올려져 있다. 변기 가장자리에는 옥수수 알맹이만한 누런 오줌 방울이 군데군데 튀어 있다. 그녀가 몇 번이나 주의를 주었지만 소용이 없다. 거울과 세면기에는 뻣뻣하고 굵은 재호의 머리카락이 군데군데 붙어 있다. 머리숱이 많은 만큼 탈모도 심한 그는 집 안 곳곳에 제 털을 흩뿌려댔다. 양치용 컵에 꽂힌 그의 오래된 칫솔이 미영의 분홍색 칫솔을 겁탈하기라도 하듯 제 벌어진 솔 부분을 바짝 갖다 붙이고 있다. 그녀는 그의 칫솔을 뽑아 쓰레기통에 던져버렸다. 오늘에야말로 반드시 그를 내보내고 말겠다. 그녀는 질긴 덩굴처럼 몸을 감아 죄는 분노를 억누르며 샤워기의 물을 틀었다.

미영이 재호를 처음 본 건 8년 전 스무 살의 봄이었다. 대학

신입생 시절 선배를 따라가 가입한 천체관측 동아리에서였다. 그는 동아리 부실의 커다란 탁자 위에서 짬뽕을 먹고 있었다. 웬만한 침대보다 커다란 탁자에는 중국집 스티커가 덕지덕지 붙어 있었다. 면발을 후루룩 입으로 집어넣던 그가 힐끗 미영을 쳐다보았다. 무심한 눈빛과 면발을 빨아들이느라 홀쭉해진 두 볼. 입 안 가득 면발을 문 그는 볼을 씰룩이며 열심히 씹어 삼켰다. 미영과 친구들은 어질러진 탁자 귀퉁이에 붙어 앉아서 가입 신청서를 작성하고 나왔다. 동아리를 추천해 준 선배가 점심을 먹으러 가자고 말했다. 3월에는 선배들에게 얻어먹는 게 정석이라며 무얼 먹고 싶으냐고 물었다. 그녀는 입을 가리고 있던 빨간색 목도리를 내리고 재빨리 대답했다.

"짬뽕이요!"

미영은 두 달간 재호를 쫓아다녔다. 동아리는 물론이요 과 전체에도 그녀가 그를 좋아한다는 사실을 모르는 사람이 없었다. 더러는 부끄러운 줄도 모른다며 수군거리는 동기들도 있었지만 그녀는 아랑곳하지 않았다.

5월 초, 축제가 한창이던 무렵. 미영의 과에서도 천막을 내걸고 주점을 열었다. 그녀는 분주하게 계란말이와 소시지 야채볶음을 요리하고 서빙을 해 나르기 바빴다. 손님들이 잇따라 몰려들었다. 결국 준비한 달걀이며 양파가 떨어져 근처 마트에 다녀와야 할 상황이 되었다. 미영이 앞치마를 벗고 천막 밖으로 나오자 재호가 그녀를 불러 세웠다. 그는 어디선가 스쿠터를 빌려 오더니 마트까지 데려다 주겠다고 했다. 그 모습을 지켜보고 있던 친구들이 응원인지 야유인지 모를 소리를 뿜어냈다. 미영은 요리하느라 발그레 달아오른 얼굴로 스쿠터 뒷좌석에 올라탔다. 두 손으로 재호의 허리를 감은 순간, 찰캉 찰캉. 미영은 청량한 마찰음을 들었다. 하늘에 떠다니던 네모난 철 조각들이 부드럽게 몸을 구부려 서로의 모서리를 잇대고, 비밀스러운 통로를 만들어내는 순간이었다. 이제 막 두 사람 사이에 놓인 수도관을 통해 맑고 따뜻한 물줄기가 반짝이며 흐르기 시작했다. 그날 저녁 재호는 마트 앞을 지나쳐 밤거리와 학교 주변을 오래도록 달렸다.

"그거 알아? 지구 상에 인간 다음으로 많은 포유류가 바로 쥐래. 임신 기간이 22일밖에 안 되는 데다가 새끼 낳고 이틀이면 또 임신이 가능하다는 거야. 그렇다고 조금이나 낳나? 한 번에 예닐곱 마리씩 순풍순풍."

174

그녀가 샤워를 마치고 나오자마자 재호가 말을 꺼냈다. 그는 보란 듯 김이 솟는 냄비의 뚜껑을 열었다. 콩나물 비린내가 훅 끼쳤다.

"속 쓰리지? 얼른 앉아."

미영은 협탁 위에 놓인 핸드백에서 지갑을 꺼냈다. 집히는 대로 지폐를 모조리 꺼내 식탁에 올려두었다.

"긴말하지 말자. 이거 가지고 모텔 가서 자."

"내일은 꼭 나간다니까. 오늘은 어쩔 수가 없었잖아."

그녀를 달래려는 듯한 말투도 지긋지긋했다. 헤어진 지 이미 한 달이 넘었다. 이번이 몇 번째 이별인지 헤아리기도 어려웠다. 반년 전부터 둘은 수도 없이 헤어졌다가 마지못해 화해하기를 반복하고 있었다. 그러나 이번엔 진짜였다. 그녀는 재호가 지난 이별처럼 이번 또한 대수롭지 않은 다툼으로 여기는 게 아닌가 싶어 분통이 터졌다.

"왜 안 나가는데? 나한테 뭐라도 뜯어먹으려고 버티는 거야? 방값이라도 보태주리?"

그가 긴 한숨을 내쉬며 수저를 내려놓았다. 언제부터인가 미영이 아무리 쌍욕을 하고 독설을 내뱉어도 그는 화를 내지 않았다. 마냥 철없는 어린아이를 상대한다는 듯 그녀를 다독이려 들었고 얼굴을 붉힐만한 모욕적인 말에도 대충 농담으로 받아치며 비굴하게 웃었다. 그가 자존심을 지키려 하지 않는다는 사실을 확인한 순간 그녀는 그나마 남아 있었던 감정이 기름찌꺼기처럼 새까맣게 눌어붙는 것을 느꼈다.

"오늘 가나 내일 가나 뭐가 달라. 소파에서 자고 너 출근하기 전에 나갈게."

이런 식으로 실랑이하다가 지쳐 내뻗은 적이 한두 번이 아니었다. 아무래도 말로 해서는 씨알도 먹힐 것 같지 않았다. 미영은 현관으로 가 문을 열고 그의 짐가방을 질질 끌어다가 내팽개쳤다. 구석에 놓인 그의 더러운 운동화도 던져버렸다. 재호는 어이가 없다는 듯 고개를 기울인 채 그녀를 쳐다보았다. 이제 뻔한 레퍼토리가 쏟아져 나올 차례였다.

"우리 8년을 만난 사이야. 날 진짜 사랑하긴 했니?"

"주접떨지 말자."

핀둥핀둥 놀고 있는 그에게 쓴 돈을 계산하다 보면 석판을 몇 장씩 가슴에 얹은 듯 숨이 갑갑하고 열불이 올라왔다. 미영은 그를 현관으로 떠다밀었다. 그는 밀려나지 않으려 단단히 버티고 서서 그녀를 내려다보았다. 그녀는 벼르고 벼르며 참았던 최후의 보루를 내밀었다.

"니 발로는 못 나가겠다? 그래. 너희 집에 전화해서 데리러 오라고 할게."

그가 붙잡힌 옷소매를 거칠게 털어냈다.

"씨발, 이게 보자 보자 하니까 사람 정말 좆같이 보네!"

"나가. 경찰 부르기 전에 나가."

"내가 왜 그냥 나가? 여기 내 돈으로 산 게 반 이상이야."

"뭐? 다이소에서 산 잡동사니들? 제발 좀 가져가라, 거지새끼야. 그렇잖아도 어떻게 버릴까 고민이었는데 잘됐네."

"개 같은 년. 너 후회할 거야."

미영은 정신이 멍해졌다. 얼굴 가까이에 대고 욕을 지껄이는 이 남자가 정말 내가 사랑했던 그가 맞나. 문득, 시선이 그의 손에 들린 휴대전화에 가 닿았다. 그러고 보니 작년쯤인가 그의 휴대전화로 장난삼아 이런저런 사진을 찍었던 것이 떠올랐다. 그중에는 그녀가 젖가슴을 다 드러낸 채 요염한 포즈를 취하고 찍은 사진도 몇 장 있어서 찍자마자 휴대전화를 빼앗아 지웠었다. 확실히 전부 지웠었나? 후회할 거라니. 그건 대체 무슨 뜻이지? 재호가 나가자 현관문이 요란한 소리를 내며 닫혔다. 그 사진 말고도 뭔가 더 있었던 것 같은데. 이런저런 최악의 상황을 떠올리다 보니 속이 아뜩해졌다. 그녀는 문

을 벌컥 열었다. 그는 계단 창가에 서서 막 담배를 꺼내 무는
참이었다.

"쥐가 침대에 있었다고?"

그는 고개를 끄덕였다.

"침대보 벗겨놓고 쥐 잡았다는 쓰레기통도 내다 버려. 오늘
까지만이야. 내일은 꼭 나가."

재호는 순순히 알겠노라고 했다.

미영은 담요를 깔아놓은 침대 위에 누웠다. 뜬눈으로 숨을
죽이고 있으려니 얼마 있지 않아 낮게 코 고는 소리가 들려왔
다. 그녀는 조심스럽게 일어나 소파로 다가갔다. 탁자 위에 놓
인 그의 휴대전화를 집어 들었다. 사진 갤러리와 첨부파일목
록, 인터넷에 접속해 그가 자주 사용하는 웹하드 목록과 메일
보관함까지 샅샅이 확인했다. 여행지며 음식점에서 찍은 미
영의 사진은 많았으나 벗은 몸으로 찍은 사진은 찾지 못했다.

침대로 돌아와 누웠다. 여전히 마음 한구석이 찜찜했다. 그
녀는 다시 탁자로 다가가 그의 휴대전화에 남아 있는 자신의
사진들을 모두 지웠다.

재호는 사진작가가 되고 싶다고 했다. 재학 중에는 유제품

회사에서 주최하는 공모전에 출전하여 우수상을 타기도 했었다. 군대에 다녀온 그는 미영보다 졸업이 늦었다. 그녀도 졸업하기 전에 토익 공부며 취업 준비를 위해 1년 동안 휴학을 하긴 했다. 졸업을 했지만 입사를 지원한 회사에서는 번번이 떨어졌다. 지방에 있는 본가에서도 돈을 보태줄 형편이 아니어서 자취방과 생활비를 마련하기 위해 과외와 학원 강사 일을 계속했다.

어머니는 서울 생활이 힘들면 그만 집으로 내려오라고 했지만, 패배자처럼 고향으로 돌아가는 것만은 죽기보다 싫었다. 그녀는 어렵사리 자리를 얻어 인턴 생활을 시작했다. 재호는 공무원 시험을 준비한다며 마지막 남은 한 학기 수업을 미루고 휴학을 신청했다. 그가 하숙집을 정리하고 그녀의 자취방에 들어와 함께 살기 시작한 것도 이 시기부터였다. 그는 집에서 부쳐주는 하숙비를 고스란히 미영에게 주었다. 월세와 학자금 융자 이자 때문에 한 푼이 아쉬운 때였으므로 그의 보탬은 큰 도움이 되었다. 집안일은 서로 일주일씩 번갈아 가며 했다. 주말 낮이면 가까운 시장에 가서 함께 장을 보았다. 샤워기가 고장 나거나 전구를 갈아 낄 일이 생기면 재호는 미루지 않고 능숙하게 손을 봐 놓았다. 미영은 취업만 성공한다면 재호와 곧장 결혼해도 좋겠다고 생각했다.

인턴 기간이 끝났지만 미영은 정사원 채용에서 또 한 번 떨어졌다. 재호도 자신만만해하던 공무원 시험에서 보기 좋게 낙방했다.

지치고 무기력해질 때면 두 사람은 옥상에 올라가 맥주를 마셨다. 미영은 그의 팔짱을 끼고 어깨에 머리를 기대었다. 서로의 부드러운 살이 맞닿으면 잠시나마 마음이 놓였다. 앞날을 생각하면 울고 싶은 심정이었지만 그래도 좀 더 기운을 내보자고 서로를 격려했다. 늘 그녀를 웃게 해주는 재호가 곁에 있어서 힘이 났다. 재호는 밤하늘을 올려다보며 드문드문 뜬 별들을 헤아렸다. 차분히 별자리에 대한 설명을 해주기도 했다. 연애 초기 시절 그녀가 가장 좋아하던 그의 모습이었다. 미영은 눈을 깜빡이며 가만히 듣고 있었다. 천체관측 동아리 말고 광고동아리나 모의경영 동아리 등 좀 더 스펙을 쌓는 데에 도움이 되는 동아리에 가입할걸, 하는 후회가 스쳐 가기도 했다.

퇴근 후 버스에 올라탔을 때 재호로부터 문자 메시지가 도착했다. 또 다른 쥐가 나타났다고 했다. 어제보다 크기는 작지만 빠르기가 보통이 아니라고. 아직 잡지 못해서 집 안을 헤집고 있는 중이라는 것이었다. 방금 나가서 끈끈이와 쥐약을 사 왔다고 했다. 답장을 하지 않자 오늘도 늦느냐는 문자가 이어졌다.

버스에서 내린 그녀는 잰걸음으로 걸었다. '금요일'이라는 간판이 달린 가게 문을 열고 지하로 내려왔다. 로비에 있던 팀장이 알은체했다. 그녀는 카운터의 출근 장부에 '소희'라 적어 넣고 탈의실로 향했다. 흰색 미니 원피스로 옷을 갈아입은 후 회사 앞 베이커리에서 사 온 샌드위치를 먹었다. 실장이 나타나 손님들이 왔음을 알렸다. 그녀는 입가를 털고 자리에서 일어났다. 대기실에 있던 아가씨들과 다섯 명이서 조를 맞추어 복도로 나왔다. 실장이 먼저 들어가 한껏 분위기를 살린 후 들어오라는 사인을 보냈다. 미영은 아가씨들과 함께 테이블 앞에 나란히 섰다. 손님들은 마흔 중반쯤 되어 보였다. 근방에서 일하는 사업가들이라고 했다. 칠 대 삼 가르마에 은테 안경을 쓴 남자가 그녀를 초이스했다. 그의 곁에 앉은 미영은 잔에 얼음을 넣고 세팅을 시작했다. 술을 전부 받아 마시지 않고 적당히 뱉어내는 작업을 하기 위해 미리 홍차 캔도 따 두었다. 몇 살이냐, 이름이 뭐냐, 언제부터 여기서 일했느냐 하는 뻔한 질문들이 건네졌다.

그녀가 '금요일'에서 일을 하기 시작한 건 재호에게 마지막 이별을 통보하기 직전이었다. 회사 일 외에 부수적인 수입원을 찾던 중에 발견한 일이었다. 첫날 맛보기로 일을 해보고서 다시는 하지 않으리라 결심했었다. 그러나 단단했던 과일이 짓무르듯 결심은 며칠 사이 단내를 풍기며 갈등으로 바뀌었다. 일주일에 한두 번만 아르바이트 삼아 해도 되지 않을까, 하는 마음으로 기울었다가 종내에는 어차피 발을 들여놓았는데 횟수가 무슨 의미겠느냐 싶어졌다. 미영은 거의 매일 퇴근 후 이곳으로 출근했다.

아직 수습 기간이 끝나지 않은 그녀의 직장 월급은 한 달에 90만 원. 집값이 부기지수로 오른 탓에 기존에 살던 집의 보증금과 월세대금이 훌쩍 뛰었고, 월급에서 뭉텅뭉텅 잘려 나가는 월세를 감당할 자신이 없어 차라리 전셋집을 구하자고 생각했다. 그래서 고른 것이 이번에 이사한 빌라였다. 회사에서 한 시간 넘게 걸리는 먼 거리였으나 위치적 조건 때문에 그나마 전셋값이 싼 편이었다. 은행에서 받을 수 있는 대출금을 끌어다가 전셋집 보증금으로 밀어 넣고 나니, 미처 생각지도 못한 바윗덩어리가 하나씩 굴러 내려오기 시작했다. 대학

재학 중에 최대한으로 연장해두었던 학자금 융자의 만기일이
하나씩 가까워진 것이었다.

"넌 이런 데서 일할 애 같지가 않은데."

남자는 미영의 어깨에 팔을 두르며 말했다. 그녀는 이런 말
을 꺼내는 손님이 제일 싫었다. 처음에는 내심 흔들려 잘해주
게 되어 버리곤 했지만 한심한 짓이었다. 그래 봤자 술집에서
일하는 여자들의 가장 약한 부분을 자극하여 어떻게든 더 나
은 서비스를 한 번 받아보려 하는 말장난에 불과했다. 돈 내고
여자들과 노는 주제에 위선 떨기는.

"아냐, 오빠. 난 어렸을 때부터 이런 데서 일하는 게 꿈이
었어."

미영은 능숙하게 받아치며 속으로 욕을 퍼부었다.

일은 12시쯤 끝이 났다. 미영은 다시 옷을 갈아입고 가그린
으로 입을 헹구었다. 단속 나온다는 소문이 돌아 손님이 많지
않았다. 오늘은 두 테이블을 봤다. 수입은 52만 원. 그녀는 담
당 팀장에게 돈을 받아 기다란 화장품 파우치에 넣었다. 이곳
에서 번 현금은 저금하지 않고 파우치에 따로 보관하는 게 습
관이 되었다. 하루가 다르게 두둑해지는 파우치를 보고 있노
라면 위안이 되었다. 막차가 끊긴 시간이라 콜택시를 불렀다.

택시 기사는 무엇에 그리 신이 났는지 계속해서 그녀에게 말을 걸었다. 요즘은 노인네들이 연금을 받아먹고 핀둥핀둥 놀며 지내는 탓에 거리가 북적거린다느니, 막내딸이 군대에 있는 남자친구와 결혼을 하겠다고 자살소동을 벌였다느니, 올해엔 중국에서 이상한 벌레들이 많이 넘어왔다느니…….미영은 차창 밖에 시선을 둔 채 대꾸하지 않았다. 택시는 동호대교 위를 지났다. 길게 붙인 속눈썹을 깜빡일 때마다 다리 위의 주홍빛 가로등 불빛이 엉겨 붙는 듯했다. 그녀는 인조 속눈썹 끝을 긁어 주욱 잡아뗐다. 눈이 한결 가벼웠다.

집에 도착했을 때 그녀는 식탁 위에 어질러져 있는 카메라 부품을 발견했다. 재호는 상기된 얼굴로 카메라 렌즈를 닦고 있었다.

"좋은 생각이 났어. 네가 못 믿는 거 같으니까 내가 사진을 찍어서 보여줄게."

미영은 아랫배가 쿡쿡 쑤셨다. 재호와 실랑이를 할 기력도 남아 있지 않았다.

"아까 보니까 그 쥐새끼가 은근히 매력 있게 생겼더라고. 털가죽이 반지르르하고 눈이 새까만 구슬 같은 게, 욕심나는

피사체더라니까. 이참에 쥐도 잡고, 사진도 찍어서 공모전에
한 번 내보려고.”

미영은 아랫배의 통증이 심해지는 것을 느끼며 입술을 깨
물었다. 여느 때보다 격했던 ‘금요일’에서의 2차 애프터가 후
유증을 남긴 듯했다.

“이번엔 느낌이 좋아. 지난번에 최종 후보작까지 올라갔던
대회 있잖아, 거기에 내보려고.”

그건 벌써 2년도 더 지난 이야기였다.

미영은 씻지 않고 곧장 방으로 들어와 누웠다. 통증은 온몸
에 날카로운 촉수가 꽂힌 벌레처럼 그녀의 아랫배를 느릿느
릿 걸어 다녔다.

“상금이 2천만 원인 거 알지? 그거 타면 반은 딱 떼어서 너
줄게. 맘 같아선 다 줘도 모자랄 거 같지만.”

닫힌 방문 앞에서 재호는 끊임없이 떠들어댔다. 미영은 베
개에 얼굴을 묻었다. 시간이 지날수록 재호는 일자리를 찾으
려는 현실적인 노력 대신, 허황된 꿈을 좇는 데에 혈안이 되어
가고 있었다. 마치 자신이 이 시대의 진정한 예술가라도 되는
양 평범한 밥벌이 일들을 하찮게만 내려다보았다. 미영이 볼
때 그는 현실에서 도피한 채 점점 자신만의 세계에 갇혀가는

사회 부적응자에 불과했다. 사진 예술에 대한 재능은 애초에 없었다. 이만큼 했으면 스스로 깨달을 때도 되었는데. 더 이상 그의 두 눈에는 어린 시절에 맑게 고여 있던 정기, 차가운 한 잔의 소주처럼 청량하면서도 톡 쏘는 광채가 남아 있지 않았다. 허상을 좇는 그의 눈빛은 그저 날벌레가 죽어 떠다니는 쌀 뜨물과 다름없었다.

"내일은 반드시 쥐를 잡을게. 너를 위해서."

재호는 각오를 다지듯 문을 손바닥으로 몇 차례 두드려 보이고는 잘 자라는 인사를 건넸다. 미영은 계속되는 통증에 식은땀을 훔치며 팬티 안을 더듬어 보았다. 냉이나 피가 나오는 것 같지는 않았다. 콧김에 섞여 나오는 술 냄새를 느끼며 그녀는 설핏 잠이 들었다.

꿈속에서 미영은 강둑을 걷고 있었다. 여고 시절 통학을 하며 늘 지나던 길이었다. 매미 소리가 무성한 대나무처럼 뻗쳐 올랐고 얕게 흐르는 하천에서는 물비린내가 올라왔다. 교복 스커트 안이 땀으로 축축했다. 걸음을 뗄 때마다 길가의 버들강아지가 종아리를 간질였다.

"나는 무조건 법대 애들하고 미팅해서 변호사랑 결혼할

거야."

친구 중 누군가가 달착지근한 땀 냄새를 풍기며 말했다.

"난 대학 졸업하기 전에 스카우트돼서 외국이나 갔으면 좋겠다. 외국계 회사에서 일하고 싶은데."

"할 거 없으면 딱 봐서 아예 고시 쪽으로 돌리는 게 낫대. 임용고시 같은 거."

그중 어느 목소리가 미영 자신의 것인지 분간할 수가 없었다. 매미 소리는 점점 더 드높아지고 코 안의 점막이 미끌미끌하게 느껴질 만큼 물비린내가 짙어졌다. 문득 내려다본 둑 아래 하천에 여러 마리의 검은 쥐들이 줄지어 달려가고 있었다. 맨 앞의 쥐는 물을 가득 채운 가죽 주머니처럼 출렁이며 뛰었고 그 뒤를 비교적 작은 쥐들이 뒤따라 달렸다.

"귀엽다."

누군가 말했다.

"귀엽다, 정말."

미영은 비명을 지르고 싶었다. 그러나 입에서는 연방 귀엽다는 말이 흘러나왔다. 모두들 가던 길을 멈추고 쥐들을 구경했다. 쥐들은 흙 구멍 안에서 끊임없이 줄지어 나와 내달렸다. 둑 위에서 내려다보이는 시커먼 그것들은 마치 발바닥에 검은 잉크를 바른 투명인간의 수상쩍은 발자국처럼 보였다. 쥐들은 미영들의 시선이 더 따라갈 수 없을 만큼 멀리 사라졌다.

"귀엽다, 귀엽다, 귀여워."

미영들은 끊임없이 중얼거렸다. 한 마디를 내뱉을 때마다 목구멍이 거북 껍질처럼 쩍쩍 갈라졌다.

"미영 씨, 괜찮아?"

옆에서 양치를 하고 있던 여 사원이 어깨를 두드렸다. 미영은 흠칫 놀라며 옆을 돌아보았다.

"요새 엄청 피곤해 보여."

미영은 치약 묻힌 칫솔을 입에 넣으며 어색하게 웃었다. 여사원은 입을 헹구고 젖은 칫솔을 털며 그녀를 흘끗 쳐다보았다.

"사람들이 자꾸 화장실 가서 몰래 자는 거 같다고 한소리 하더라. 조심 좀 해야겠어."

미영은 죄송하다는 뜻으로 고개를 끄덕여 보였다. 쌍년. 남이야 졸다가 양칫물에 코를 박든, 욕을 먹어 머리털이 빠지든 뭔 상관이야. 자기나 잘할 것이지. 여사원의 등을 향해 속으로 사납게 쏘아대던 미영은 움칠했다. 사소한 일에 지나치게 예민해진 스스로가 불편했다.

‘금요일’에서 모은 돈은 당장 급한 학자금 융자를 갚고도 꽤 남았다. 다음 융자 만기일까지는 약간의 여유가 있었다. 미영은 남은 돈으로 어제 루이뷔통 숄더백을 하나 샀다. 나라고 이깟 거 못 들 이유 있어? 며칠만 일하면 금방 들어오는 돈인데. 그녀는 매장에 들어가 별러뒀던 모델을 가리키고 당당하게 가격을 지불했다. 곧장 파우더룸으로 들어가 더스트 백에서 꺼낸 숄더백의 가죽 냄새를 흠뻑 들이마셨다. 오늘도 보란 듯 회사에 새 가방을 들고 왔지만, 워낙 흔한 모델인데다 모조품이 많아서인지 사람들의 주목을 받지는 못했다.

몸이 안 좋다는 핑계로 회식을 빠지고 퇴근했다. 비가 쏟아질 듯 하늘이 꾸물거렸다. 금방이라도 어깨 위에 굵은 빗방울이 떨어질 것만 같은 기분에 미영은 걸음을 서둘렀다. 비가 오면 온갖 변태들이 소풍 나오듯 가게로 몰려든다는 게 이 바닥의 징크스였다.

탈의실에서 새로 산 원피스를 입었다. 몸의 굴곡을 은근하게 살려주면서도 너무 천박해 보이지 않는 게 마음에 꼭 들었다. 오늘따라 머리의 웨이브도 탄력 있게 잘 말려들고 속눈썹도 흰 풀 자국이 남지 않고 한 번에 잘 달라붙었다.

“오오, 소희. 오늘 초이스 좀 되겠는데?”

팀장이 무전기를 흔들며 다가와 치근덕거렸다. 그녀는 만족스러운 얼굴로 콧등과 뺨에 파우더를 두드렸다. 예상대로 첫 방에서는 무난하게 초이스가 되었다. 20대 후반의 젊고 반반한 손님들이었다. 부모가 사 준 재규어와 BMW를 끌고 와, 부모가 준 골드 카드로 술값을 긁고, 부모가 물려준 사포 같은 혓바닥으로 미영의 목덜미를 핥았다. 첫 방을 마친 뒤 두 번째 손님을 받기 위해 얼른 머리를 손질하고 복도로 나왔다. 첫 테이블에서 두둑하게 받아 챙긴 팁 덕분에 한껏 신이 올라 있었다.

"첫 번째 조신한 에이스 조, 들어갑니다."

실장이 익숙한 멘트와 함께 미영과 아가씨들을 향해 들어오라고 손짓했다. 처음 대면하는 순간의 미소가 초이스 여부를 결정한다는 사실을 명심하며 그녀는 만면에 웃음을 띤 채 구두 굽을 내디뎠다. 얌전히 서서 손님들과 차례로 시선을 마주치는 찰나, 그녀의 낯이 새하얗게 질렸다.

"미영아!"

그녀는 재빨리 돌아서서 후다닥 룸 안에서 뛰쳐나왔다. 이윽고 한 사내가 불가리 계열의 향수 냄새를 풍기며 뒤따라 나왔다.

"너 미영이 맞지?"

미영은 붙잡힌 손목을 빼내려 애쓰며 그의 얼굴을 피했다.

"나 형덕이. 03학번 김형덕."

몇 해 전보다 머리숱이 적어지긴 했으나 그녀는 단번에 그의 얼굴을 알아볼 수 있었다. 그는 재호와 같은 과 동기였다. 과 사람들 사이에서 주목을 받지 못하는 편이어서 함께 어울리는 일은 거의 없었지만 인사 정도는 하는 사이였다. 새내기 때 그녀에게 치근덕대다가 재호에게 면박을 당한 적도 있었다. 덩치가 크고 살이 찐 데다 늘 땀을 많이 흘려서 후배들이 뒤에서 '돼지 육수'라고 놀리곤 했었다. 졸업 후 아버지 연줄을 통해 자동차 회사에 들어갔고, 일찌감치 결혼했다는 소문을 들었다.

"너 이런 데서 뭐해? 일단 들어와 봐."

미영을 끌어당기는 형덕의 말투는 걱정스러움을 넘어 호기심으로 들떠 있었다.

"대체 무슨 일이 있었던 건데? 일단 오늘은 걱정하지 마. 오빠가 너 초이스 묶어 줄게."

꼬치꼬치 사정을 캐물으면서도 형덕은 꼬박꼬박 미영의 잔에 술을 채웠고 다독여준답시고 그녀의 치마 밑 허벅지를 쓰다듬었다. 순간 그녀의 머릿속에 약삭빠른 생각이 스쳐 지나갔다. 이 엉큼하고 단순한 돼지 육수를 잘 꼬드겨서 한밑천 잡아보는 건 어떨까. 내연녀까지는 못되더라도 조금만 장단을 맞춰서 놀아주면 선물이나 용돈 꽤나 나올 것 같은데. 그때 아랫배에 예의 뾰족한 창이 관통하는 것 같은 통증이 느껴져, 미영은 얼른 술을 한 잔 들이켰다.

"잠깐만, 나 화장실 좀 다녀올게."

형덕이 육중한 몸을 일으켜 룸 안에 있는 좁은 화장실 안으로 들어갔다. 미영은 소파 위에서 램프를 깜빡거리고 있는 그의 휴대전화를 발견했다. 누군가와 문자를 주고받는 눈치였다. 그녀는 슬쩍 화면을 터치해 보았다. 메시지를 보내온 것은 미영도 이름을 아는 같은 대학 출신의 여자 선배였다.

'진짜? 미쳤어. 개 막장이다. 야, 몰래 인증샷이라도 찍어 보내 봐.'

미영과 대화를 나누는 외중에도 형덕은 여자와 부지런히 메시지를 주고받으며 그녀에 대한 소문 퍼뜨릴 준비를 하고 있었다. 곧 형덕이 화장실에서 나왔다. 미영은 태연히 그의 잔에 얼음을 채웠다.

"말해 봐. 오빠가 도와줄 거 있어?"

형덕은 눈썹을 사선으로 내리깔아가며 그녀의 손등을 쓰다듬었다. 미영은 얼음 집게로 술을 휘휘 저으며 천천히 입을 열었다.

"집에 쥐가 나오는데 잡질 못하겠어. 쥐약이나 덫은 다 피해 가고 싱크대며 온갖 구멍을 막아놔도 기가 막히게 벽을 뚫고 또 들어와."

"……그래?"

그는 의외라는 듯 넓적하게 퍼진 콧등을 긁적였다.

"쥐가 들게 되면 오만 잡병이 다 생긴대, 오빠."

"거 곤란하네. 방역업체를 부르지?"

"오빠가 언제 와서 한 번 봐줄래? 덫을 놓긴 했는데 제대로 한 건지 모르겠어."

형덕은 잠시 생각하는 눈치이더니 흔쾌히 알겠다고 했다. 옆자리 아가씨가 노래를 예약했다. 실내가 어두워지며 반주 음악이 흘러나왔다. 아가씨는 반달 모양의 노란 탬버린을 집어 들었다. 미영은 어린 시절 만화영화 〈톰과 제리〉에서 봤던 생쥐를 떠올렸다. 덫 위에 치즈를 얹어 놓으면 영악한 제리는 치즈만 쏙 골라 먹는다. 결국 바보 같은 톰이 쥐덫의 성능을 확인해 보기 위해 손을 얹었다가 철컥 걸리곤 했다. 톰의 손은 통통 붓고 그만이었지만 며칠 전 재호가 설치해둔 실제 쥐덫은 달랐다. 잘못 건드렸다간 손가락이 잘릴 수도 있고, 재수가 없으면 파상풍에 걸릴 수도 있다.

그게 세상이지. 미영은 흥얼거렸다. 그게 현실이라고.

집에 돌아온 그녀는 슬쩍 재호의 얼굴을 살폈다. 그는 카메라 필름을 갈고 있었다. 쥐를 포착하려다가 쓸데없이 집 구석구석만 실컷 찍어댔다고 했다. 그는 내일 새 필름을 사러 가야겠다고 혼잣말을 했다.

"그냥 놔둬. 쥐는 내가 잡을게."

미영은 힘없이 식탁 의자에 앉으며 말했다.

"아냐. 너 혼자 못 잡아. 얼마나 빠른데."

재호가 손사래를 쳤다. 미영은 재호가 차려놓은 식탁을 내려다보다가 눈을 감았다. 형덕의 휴대전화에 남아 있던 문자 메시지가 눈앞에 어른거렸다. 이어, 자신에 대해 수군거릴 대학 동기들의 붉고 검은 입술들이 나비처럼 날아다녔다. 미영은 천천히 눈을 떴다.

"부탁할 게 있어."

재호는 반갑다는 표정으로 고개를 들었다. 미영은 살비듬이 일어난 재호의 얼굴을 물끄러미 들여다보았다. 지긋지긋하고 숨 막히는 이목구비였으나 마치 또 다른 자신의 얼굴처럼 낯익은 그의 얼굴.

"그동안 다른 일을 좀 했어."

미영은 핸드백 안에서 담배를 꺼내 피워 물었다. 재호는 놀란 눈치였지만 섣불리 입을 떼지는 않았다. 그녀는 지금껏 '금요일'에서 일을 해왔던 사실과 오늘 저녁 형덕을 만난 사건, 그리고 그가 대학 사람들에게 소문을 퍼뜨릴 눈치라는 이야기까지 전부 털어놓았다.

"그 새끼 내가 죽여 버릴까?"

재호는 살기 가득한 눈으로 방바닥을 내려다보며 중얼거렸다. 미영은 그의 눈에 서려 있는 살기의 대상이 형덕인지 자신인지 알 수 없었다.

"매일 늦는 게 좀 이상하다 생각하긴 했어. 술 냄새 풍기면서 들어오는 것도 그렇고."

어금니를 물고 있는 듯 그의 왼쪽 뺨이 불끈 부풀어 올랐지만 목소리는 시무룩했다.

"네가 이렇게 될 때까지 나는 뭘 하고 있었는지……. 그 새끼보다도 날 먼저 죽이고 싶다."

진심에서 우러나온 말 같았지만 미영은 재호의 죄책감을 헤아리고 있을 여유가 없었다.

"나한테 생각이 있어."

미영은 간장 종지에 담배꽁초를 눌러 껐다.

그녀는 사람이 막다른 길에 몰리게 되면 놀라우리만큼 생각의 회전이 빨라진다는 것을 깨달았다. 그 발상이 얼마나 무모하거나 위험한 것인지는 중요하지 않았다.

"김형덕이 내일 저녁에 집에 오기로 했어. 쥐덫을 놓아준다고 했는데, 그건 핑계고 어떻게 한 번 해보려는 속셈이겠지."

미영은 차분하게 말을 이었다.

"넌 화장실이나 옷장 속에 숨어 있어. 내가 그 새낄 침대로 끌어들일 테니까 적당한 타이밍에 나와서 증거 사진을 찍어. 그리고 나선 치도곤이 패든 어쩌든 적당히 겁을 주고."

재호는 잠자코 그녀의 계획을 듣고 있었다. 미영은 차갑게 식은 손끝이 가늘게 떨리는 것을 느꼈다.

"어차피 이렇게 된 거 더 소문 퍼뜨리기 전에 나도 협박거리를 만들어야 하지 않겠어? 그리고 봐서 사진을 넘기는 대가로 돈도 좀 뜯어낼 생각이야."

"어쩌다가……."

재호는 붉어진 자신의 목을 쓸어내리며 입을 뗐다.

"이렇게까지 된 거야. 꼭 그렇게까지 해야 했어? 아무리 돈이 필요해도.”

그녀는 재호를 사납게 노려보았다. 그는 무슨 말인가를 더 꺼내려다가 그만두었다. 미영은 다리를 바꾸어 꼬며 식탁 위의 국그릇을 바라보았다. 식은 미역국 국물 위로 물집 같은 기름이 떠다녔다.

“그래. 사람이 살다 보면 실수도 할 수 있는 거지. 네 말대로 하자. 내일 저녁에 준비하고 있을게.”

재호는 바닥에 놓인 카메라를 집어 들었다. 미영이 퍼뜩 시선을 돌렸다. 집 안 어디선가 부스럭거리는 소리가 들려온 것 같았다. 잘못 들은 거겠지. 그녀는 고개를 저었다.

“밥은 먹고 다니니?”

저녁 무렵 고향 집에서 전화가 걸려왔다. 엄마는 돌아오는 일요일이 아버지 생신이라고 전했다. 미영은 토요일에 일찌감치 내려가겠다고 말했다.

“요즘 눈병이 유행이라더라. 손 잘 씻고 다녀.”

평소 같았으면 이런저런 수다라도 떨었을 테지만 미영은 걱정스러운 엄마의 말투가 답답하게 느껴졌다. 서둘러 전화를 끊고 형덕에게 메시지를 보냈다. 그는 지금 막 퇴근하여 미영의 동네 쪽으로 출발했다고 했다. 미영은 능글맞은 그의 농담에 성의껏 장단을 맞춰주며 잰걸음으로 빌라 계단을 올랐다.

그녀는 짧은 트레이닝복으로 갈아입었다. 일부러 꾸미지 않은 편한 복장인 것 같으면서도 민소매 티셔츠 안으로 가슴 굴곡이 적나라하게 드러나고, 짧은 팬츠 밑으로 허벅지가 고스란히 드러나는 차림이었다. 그녀는 집 안에 굴러다니는 재호의 물건을 치웠다. 얼마 있지 않아 형덕에게서 전화가 걸려왔다. 빌라 근처 슈퍼 앞까지 도착했다고 했다. 그녀는 슬리퍼를 꿰어 신고 그를 마중 나갔다. 형덕은 주차 공간이 열악하다고 투덜거리며 근처 주차장에 차를 세웠다. 향수를 어지간히 분사하고 왔는지 독한 냄새가 코를 찔렀다.

집 안에 들어선 형덕은 턱을 당기고 거들먹거리며 실내를 둘러보았다.

"어유, 아담하네. 이런 데 쥐가 있단 말이야?"

미영은 재호가 준비해 놓은 샐러드와 위스키를 내놓았다.

"아직 저녁 안 먹었지?"

형덕은 정장 윗도리를 벗어 소파에 걸쳐놓으며 고개를 끄덕였다. 그는 애초에 쥐가 있다는 말은 믿지도 않은 듯했다. 기껏해야 미영이 술집에서의 일을 입막음하기 위해 자신을 불러 설득하려 한다고 기대하는 눈치였다.

미영은 형덕의 잔이 빌 때마다 빠르게 술을 채워주었다. 공복이어서인지 후텁지근한 날씨 탓인지 그의 얼굴은 금세 불쾌해졌다.

"사람이 아무리 힘들어도 말야, 하지 말아야 할 일이 있는 거야. 한 번의 잘못이 평생 인생을 망칠 수도 있는 거니까. 차라리 오빠한테 진작 연락하지 그랬어. 내가 네 부탁 하나 못 들어주겠냐?"

취기가 오르자 말이 많아졌다. 미영은 고분고분 그의 말에 수긍했다.

"너도 알잖아. 내가 학교 다닐 때 너 예쁘게 봤던 거. 그때 너 얼마나 똘망똘망 했는데. 에이, 술집은 정말 아니지."

다른 방법이 분명 있었겠지. 그는 끊임없이 주절거렸다. 그게 답은 아니었을 거야.

미영은 형덕을 침실로 데리고 갔다.

"어제 자는 데도 계속 부스럭거리는 소리가 들리더라구. 언제 쥐가 튀어나올지 몰라서 잠도 잘 못 잤어. 오빠가 한 번 살펴봐 줘."

형덕은 문지방을 밟고 서 있었다. 미영은 흐트러진 이불을 정리하는 척하며 침대 위로 올라가 엎드렸다. 그는 기회를 놓치지 않았다. 하마처럼 커다란 몸집으로 미영을 끌어안았다. 걸려들었구나. 미영은 입술을 물었다. 그의 목덜미에서 향수와 뒤섞인 기름진 체취가 풍겨왔다. 그녀는 형덕의 와이셔츠 단추를 풀었다. 형덕은 기다렸다는 듯 벨트를 풀고 바지를 벗었다. 대학 시절 어설픈 허세를 부리며 미영의 주변을 맴돌았던 형덕의 모습이 떠올랐다. 이어 낡은 인문대 건물에서 풍기던 옅은 곰팡내, 봄이면 캠퍼스 안에 만개했던 개나리와 연분홍빛 눈송이처럼 흩날리던 따뜻하고 부드러운 벚꽃잎들이 기억 속에서 회오리쳤다. 이윽고 형덕이 알몸이 된 채 미영의 가슴팍에 코를 묻었다. 미영은 재호와 미리 말을 맞추어놓았던 대로 짧은 비명을 내질렀다. 이제 나와줄 때가 되었는데. 그녀는 옆방 옷장 속에 숨어 있을 재호의 기척에 귀를 기울였다. 형덕의 손이 미영의 바지를 벗겼다. 옆방은 잠잠했다. 이상한 낌새를 느낀 미영이 저항하려 하자 형덕은 우악스럽게 그녀를 저지했다.

"그만해!"

그녀는 소리를 빽 내지르며 그의 배를 걸어찼다. 그는 꿈쩍도 하지 않고 미영의 몸 안으로 제 몸을 밀고 들어왔다. 아랫배에 뜨거운 통증이 일며 구역질이 밀려 올라왔다. 미영은 침대 옆 협탁을 더듬었다. 묵직한 화병이 손에 잡혔다. 그녀는 있는 힘껏 형덕의 머리를 내리쳤다.

"아, 이 미친년이."

형덕이 몸을 일으켰다. 침대 밑으로 발을 내딛던 그가 휘청거리며 쓰러졌다. 정수리를 얻어맞아 그대로 정신을 잃은 듯했다. 미영은 형덕의 몸을 뛰어넘어 옆방으로 달려갔다. 옷장 문이 활짝 열려 있었다. 재호는 물론이요 그 안에 쑤셔 넣어두었던 그의 짐가방도 보이지 않았다. 미영은 주방 바닥에 쏟아져 있는 화장품을 발견했다. 그것들을 담고 있던 루이뷔통 가방이 보이지 않았다. 가방 안에 늘 들고 다니던 파우치도 사라졌다. 가게에서 모은 돈이 고스란히 들어 있던 파우치였다. 미영은 현관 밖으로 뛰쳐나왔다. 맨발로 계단을 내려와 밖으로 달려나왔지만 재호의 모습은 보이지 않았다.

그녀는 난간을 잡고 가까스로 다시 계단을 올라왔다. 현관문이 활짝 열려 있었다. 미영은 끈이 풀려 흘러내리는 바지를 추켜올리며 자신의 눈을 의심했다. 집 안에서 시커먼 것들이 하나둘씩 튀어나왔다. 그녀가 악, 소리를 내지르기도 전에 시커먼 쥐떼들이 우르르 쏟아져 나왔다. 쥐떼는 범람하는 물줄기처럼 미영의 몸을 덮쳤다.

"오늘 쥐를 봤어."

귓가에 재호의 목소리가 스쳐 갔다.

"분명, 쥐가 있었어."

거울 속으로

여자는 두루마리 휴지를 길게 뽑아 접는다. 가랑이 사이로 손을 넣어 밑을 닦고는 양변기 속에 휴지를 넣어버린다. 눈높이의 벽면에 담배꽁초나 휴지, 생리대는 휴지통에 넣어달라는 부탁의 글이 붙어 있지만 개의치 않는다. 좁은 공간 안에 변기 물 내리는 소리가 요란하게 울린다. 여자는 종아리를 덮는 긴 치마를 바짝 들치고는 무릎까지 흘러 내려간 밴드 스타킹을 올린다. 스타킹 알레르기가 있는지 허벅지 부분의 살갗이 가느다란 끈 자국대로 지렁이처럼 붉게 부풀어 있다. 여자는 부푼 살갗을 긁적인다. 옷매무새를 털고 일어나서도 밴드 닿는 부분을 한참 더듬거리다가 다시 치마를 걷어 올리고는 부르튼 살갗 위에 침을 바른다. 여자는 송치무늬 핸드백을 열며 세면대 쪽으로 다가온다. 파우더콤팩트를 꺼내고 거울에 얼굴을 바싹 들이민다. 갈매기형으로 잘 다듬어진 왼쪽 눈썹 위쪽에 쌀알 크기의 점이 있다. 여자의 검은 눈동자는 얼핏 나를 바라보고 있는 듯하지만, 시선은 나에게 닿지 않는 지점에서 멈춰 있다. 분첩으로 부지런히 콧잔등을 두드린다. 눈꺼풀 위에 마스카라가 번지지 않았는지 확인하고, 몽고주름을 당겨 눈곱의 유무를 살핀다. 나는 유리 위로 손끝을 갖다 대고 여자의 얼굴 윤곽을 천천히 더듬는다. 달칵. 여자가 파우더콤팩트를 닫고 만족스러운 듯 앞머리를 매만진다. 그녀가 화장실을 나가고 나자 문 위에 매달린 주머니 모양 방향제가 떨어질 듯 위태롭게 흔들린다. 나는 어둠 속에 앉은 채로 담요를 뒤집어쓴다. 여자 화장실 거울 너머에는 반 평 남짓의 내 둥지가 있다. 여자들은 거울에 반사되는 자신의 모습을 보고, 나는 거울 너머로 그들을 본다.

30여 평 남짓한 낡은 3층 건물의 주인이자 1층에 카페를 운영하는 할머니는 벼룩시장에서 구입한 읽지도 못하는 낡은 고서 한 권을 끼고 테이블을 옮겨 다니며 운세를 봐준다. 연애운과 금전운을 궁금해하는 젊은 층의 손님들이 주를 이루는 편이다. 할머니의 말장난에 그들은 선뜻 지갑을 열어 2만 원

이나 부르는 액땜 목걸이를 산다. 액땜 목걸이라고는 하지만
사실 인도에서 싼값에 들여온 이름 모를 잡석 위에 글씨 몇
자를 새긴 것에 불과하다. 가게는 입소문을 탄 덕에 저녁 시간
이나 주말에는 늘 붐빈다.

　당신이 화장실에 처음 들어온 날은 일주일 전이었다. 당신
은 전에 있던 휴학생이 그만둔 뒤 월급제로 고용되었다. 당신
은 외국의 흑인 래퍼들처럼 머리칼을 가닥가닥 촘촘히 땋은
긴 레게머리를 하고 있다. 촉촉이 눈물 맺힌 효과를 내는 콘택
트렌즈에 오렌지색으로 화장한 두 뺨과 입술 때문인지 맑은
피부가 더욱 화사해 보였다. 당신은 두 시간에 한번씩 화장실
에 들어와 담배를 피운다. 변기커버를 덮어놓고 걸터앉아 연
기를 내뿜는 모습은 다소 관능적이다. 당신은 늘 발뒤꿈치를
바닥에서 한 뼘 정도 뗀 채 습관적으로 다리를 떤다. 할머니가
그런 모습을 본다면 당신은 바로 해고당할 것이다. 할머니는
밥숟가락을 왼손으로 잡는다거나 다리를 떠는 것, 손톱을 물
어뜯는 등의 버릇들을 복이 달아난다고 질색한다.

　당신은 전화하는 것을 좋아한다. 담배를 피우거나 소변을

보며, 혹은 그저 전화를 받기 위해서 화장실에 들어올 때도 있다. 길쭉한 한 칸짜리 화장실은 양 끝에 세면대와 좌변기가 각각 자리 잡고 있다. 거울을 통해서는 변기 위에 앉은 당신의 왼쪽 옆모습이 보인다. 통화하는 당신의 목소리는 잘 들리지 않는다. 이따금 크게 웃는 소리만이 희미한 진동으로 와 닿을 뿐이다. 스티커사진을 붙인 당신의 휴대전화에는 앙증맞은 캐릭터 미니어처들이 열매처럼 달려 있다.

저녁 10시 무렵이 되면 당신은 화장실 구석에 놓여진 대걸레를 집어 든다. 양동이에 물을 받아 바닥에 끼얹고 무성의하게 대걸레질을 하는 오늘의 당신은 그 어느 때보다도 지쳐 보인다. 특히 손잡이가 기다란 수세미로 변기 속을 씻어낼 때에는 표정이 마치 구겨진 쿠킹호일 같다. 당신은 매일 방향제까지 뿌려가며 청결에 신경을 쓰지만 다음날이면 오후가 되기도 전에 화장실은 다시 더럽혀지곤 한다.

당신이 나간 뒤 얼마 있지 않아 화장실 전구가 두 번 켰다 꺼진다. 그만 나오라는 할머니의 신호이다.

할머니는 가방을 고쳐 메며 앞서 걷는다. 구부정한 등 위로 대학가의 네온 간판 불빛이 얼룩진다.

잠자리에 누워 이불을 턱까지 끌어당긴다. 창문 위로 쌀뜨

물이 흐르듯 달빛이 번진다. 당신의 오렌지색 두 뺨에서는 어떤 향내가 날까.

거구의 여자는 화장실로 뛰어들자마자 허리띠를 푼다. 다급하게 바지를 내리고 변기 위에 주저앉았다가 재빨리 다시 일어난다. 커버가 내려진 것을 보지 못한 것이다. 다시 자리를 잡은 여자는 미간을 찌푸리며 무릎을 모은다. 이내 잔뜩 긴장해 있던 여자의 어깨가 내려앉는다. 휴지를 길게 풀어내어 이마의 식은땀을 훔친다. 움켜쥐었던 윗옷자락 밑으로 두둑한 뱃살이 드러나 보인다. 여자는 윗옷 속에 손을 넣어 가슴을 긁적인다. 그 와중에 거울을 흘끗 보며 머리칼의 정돈상태를 확인하기도 한다. 윗옷 속에서 손을 빼낸 여자는 손톱을 들여다본다. 혼자만의 좁은 공간은 무의식중에 본능적인 욕구를 느끼게 만든다. 여자들은 가장 방심하고 있는 순간의 평화 속에 내가 균열의 핵처럼 도사리고 있다는 사실을 모른다.

당신은 화장실 문이 잠겼는지 재차 확인까지 하며 내키지 않는 얼굴로 변기 위에 앉는다. 주머니에서 플라스틱으로 보이는 작은 스틱을 꺼내더니 변기 속에 갖다댄다. 잠시 후 오줌 묻은 스틱을 탈탈 털어내던 당신의 표정이 굳는다. 스틱을 세면대 위에 팽개치듯 내려놓고 입술을 질근거린다. 당신은 손으로 거울을 짚으며 얼굴을 바짝 들여다본다. 나도 모르게 뒤로 물러난다. 혀 밑으로 뜨거운 침이 고인다. 당신이 휴지통에 스틱을 버리고 나간다. 나는 거울 위에 남은 당신의 부연 손자국을 더듬는다. 잠시 후 당신이 다시 들어와 휴지통 속의 스틱을 찾아 꺼내든다. 그것을 휴지로 둘둘 말아 주머니 속에 찔러 넣는다.

당신이 나가고 난 뒤 몇 명의 여자들이 그림자처럼 머물렀다 나갔지만 단 하나의 얼굴도 떠오르지 않는다. 뜨거운 밥 한 덩어리를 씹지 않고 삼킨 듯 명치가 뜨겁고 답답하다.

당신의 팔을 잡아 거울 너머의 공간으로 끌어당기고 싶다. 비밀스러운 이곳에 당신을 숨기고 따뜻한 담요를 무릎 위에 덮어주었으면 좋겠다. 당신은 이곳을 마음에 들어 할 것이다. 여기서는 세상 사람들의 시선을 신경 쓸 필요가 없다. 그들을 지켜볼 수는 있을망정 누구에게 공격받거나 상처받을 일은 없다.

할머니는 의아한 표정으로 나를 바라본다. 그러나 별 대꾸 없이 선물가게로 들어가더니 잠시 후, 잘 포장된 작은 상자를 들고 나왔다. 나는 집으로 돌아오는 내내 비닐로 된 장식리본을 만지작거렸다. 할머니는 조금 앞서 걸을 뿐, 아무것도 묻지 않았다.

열여덟 살의 여름은 그 여느 때보다도 뜨거웠다. 방학이 시작되던 무렵, 나는 그 아이에게 고백할 만한 근사한 말을 궁리하고 있었다. 같은 학원에 다니던 그 애는 나만큼이나 외톨이였지만, 늘 쥐죽은 듯 웅크려 사는 나와는 달리 도도했다. 나는 그 서늘한 매력에 미처 다가가지 못하고 매번 머릿속 가득 상상만 부풀려대다가 혼자 소리 낮춰 킬킬거리곤 했다.

그날 밤 그 애를 가장 먼저 발견한 것은 나였다. 야간 자율학습 시간 도중 화장실에 들렀을 때였다. 막 화장실 안으로 들어가려던 내 눈에 여자화장실의 푸르스름한 불빛이 고여 들었다. 순간 배뇨 욕구와 뒤섞인 성욕이 아랫배에 야릇하게 차올랐다. 그 뒤에 내가 어떻게 여자화장실까지 걸음을 옮겼는지, 오줌 줄기를 쏟다 말고 옆 칸 타일바닥 위로 비죽이 넘어온 아이의 손가락을 보았는지는 정확히 떠오르지 않는다. 나는 지금도 그 도도한 아이가 자신에 걸맞게 좀 더 분위기 있는 곳을 찾지 못하고 왜 하필 더러운 화장실에서 자신을 버렸는지 이해가 되지 않는다.

그날의 충격은 의외로 금방 잊히는 듯했었다.

이상한 증세가 나타난 것은 그로부터 몇 달의 시간이 흐른 뒤였다. 학교수업 도중 칠판 앞에 서 있는 선생의 얼굴에 변기 구멍 같은 홀이 떠오르더니 점차 커지며 그 속으로 주변의 모든 것들이 빨려 들어가는 듯한 착시현상이 그 시작이었다. 홀이 나타나면 나는 그곳으로부터 시선을 떼지 못했고 아무 소리도 들리지 않았다. 홀은 나타날 때마다 주변 모든 것들을 빨아들이고 빈 공간 속에 나만을 남겨 놓았다.

어느 날은 정신을 차리고 보자, 수학 담당의 젊은 여선생이 얼굴을 붉힌 채 출석부로 나를 내리치고 있었다.

"말이 말 같지 않아? 그만 쳐다보랬지! 변태새끼……"

증세가 심해지고 사람들을 두려워하자 할머니는 의사의 권유대로 나를 입원시켰다. 나는 병원에 들어간 지 두 달도 못되어 퇴원했다. 병원 면회실에서 할머니가 사 온 치킨을 먹다가 토악질을 한 것이 계기였다. 사람 살 곳이 못 된다는 할머니의 말이 무색하지 않게, 몸무게는 입원할 때보다 7킬로그램 가량 줄었고 실어증 환자처럼 말은 까마득히 증발해버렸다. 의사는 당부하듯 말했다. 힘드실 겁니다. 상호적인 인간관계가 불가능한 상태인데, 그렇다고 혼자 방치해둔 채 외부인과의 접

촉을 끊어버린다면 아예 치료가 불가하니까요. 환자가 워낙 의사표현이 없어서 욕구표현도 없거든요. 좀 더 단계적인 치료를 받는 편이 좋을 것 같습니다만. 할머니는 의사의 말이 채 끝나기도 전에 마른 장작단처럼 가벼워진 나를 부축해 병원을 나섰다.

상자를 감싼 포장지를 뜯어내고 은빛 라이터를 꺼낸다. 윤기 나는 라이터를 코에 대고 깊이 숨을 들이마신다. 쇠 냄새가 비릿하게 빨려 들어온다. 라이터를 세면대 위에 올려둔다.

영업을 시작하기 전, 걸레를 빨러 들어온 당신이 라이터를 발견한다. 물건을 살피던 당신은 별 망설이는 기색도 없이 라이터를 바지 주머니에 넣고는 수돗물을 튼다. 세찬 물줄기가 당신의 보얀 손등을 적신다. 걸레를 빨던 당신이 문득 거울 귀퉁이를 유심히 들여다본다. 당신의 시선을 좇던 나는 숨을 멈춘다. 거울 귀퉁이 부분에는 가는 금이 가 있다. 바짝 마르는 입술을 혀로 축인다. 당신이 거울 너머 나의 존재를 확인하게 된다면 어떤 표정을 지을까. 당신과 눈 마주치는 순간을 상상하자 입 안이 바짝 말라온다. 나는 자리에서 약간 물러나 앉는다. 당신은 금이 간 부분을 손톱 끝으로 살짝 긁어본 후 다시

걸레를 빨기 시작한다.

어느 틈에 잠이 들었나보다. 부스스 일어나 거울을 등지고 돌아앉아 김밥을 먹는다. 곁에는 물통과 오렌지주스 페트병이 나란히 놓여져 있다. 쪽문에 붙은 미키마우스 시계가 바라다보인다. 시침이 미키마우스의 코 부분에 닿아 있는 오후 5시. 쪽문으로 나가면 건물 뒤쪽의 계단 통로와 이어진다. 가장자리에 녹물이 엉긴 청록색 철 계단은 카페가 있는 1층으로부터 허공에 나선형을 그리며 창고가 있는 3층 겸 옥상까지 이어진다. 밖으로 나가려면 옥상을 지나쳐 다시 건물 내부 계단을 통해 내려와야 한다. 발밑이 뚫려 있어 위태로운 계단을 오르내릴 때면 네모난 세상의 가장자리에 서 있는 듯 발바닥이 저려오곤 한다.

당신이 화장실 안으로 뛰어 들어온다. 고무줄로 묶은 레게머리가 잔뜩 흐트러지고 얼굴은 붉게 부어올랐다. 당신은 세면대에 뭉개진 입술에서 흘러나온 피를 퉤, 뱉어낸다. 쾅쾅쾅. 화장실 문을 두드리는 거친 진동이 거울 너머로까지 전해져온다. 당신이 문을 노려본다. 떨리는 손으로 앞치마 주머니에서 담배를 꺼내고 은빛 라이터를 꺼낸다. 가느다란 손가락이 라이터를 당긴다. 손잡이가 요란하게 돌아가는 듯하더니 두 명의 중년여자들이 들이닥친다. 당신은 맞으면서도 기를 쓰며 화장실 밖으로 끌려 나가지 않으려 한다. 언뜻 문 쪽에서 열쇠를 손에 쥔 할머니 모습이 보인다. 몸싸움 도중에 떨어진 은빛 라이터가 발에 채여 변기 옆으로 미끄러진다. 나도 모르게 자리를 박차고 일어나 주먹을 움켜쥔다. 어금니를 물고 여자들을 노려본다. 당신을 끌어당기는 그들의 손목을 사정없이 물어뜯고 싶다. 치밀어 오르는 분노에 못 이겨 거울을 내려치려던 주먹을 간신히 참아낸다.

라이터를 주워간 사람은 뺨에 솜털이 보송한 여고생이었다. 여고생은 간신히 묶은 짧은 머리를 풀고 다시 묶기를 서너 번 반복했다. 몇 차례 새로 묶어도 변함이 없는데 본인은 심히 마음에 안 드는 듯 못마땅한 표정으로 화장실을 나갔다.

당신은 그녀들에게 끌려 나간 후로 카페에 나타나지 않았다. 그날 밤부터 나는 심한 독감을 앓았다. 감기바이러스는 폐쇄된 공간에도 잠식해 있나 보다. 독감 때문에 사흘 가까이 집에만 있어야 했다. 방구석에 누워 잠들지 않고 있는 동안에는 당신만을 생각했다. 그럴 때마다, 내가 당신을 사랑한다는 것을 이 세상에서 오직 나만이 알고 있다는 사실이 나를 못 견디게 했다.

할머니는 돋보기안경을 당겨쓴다. 가느다란 침으로 잡석 위에 글을 새기기 시작한다. 텔레비전에서는 창사특집 다큐멘터리 프로그램이 방송되고 있다. 오리갈매기가 바다 위 잿빛 하늘을 낮게 비행한다. 갈매기의 부리는 저녁바다의 우울을 물고 있다. 끼울, 간간이 들려오는 울음소리 사이로 잡석 긁히는 소리가 들려온다. 집으로 오는 길의 가게 진열장에서 본 붉은색 버클이 돋보이는 가죽가방은 당신에게 잘 어울릴 것 같다. 새까만 레게머리, 콘택트렌즈로 감싼 투명한 눈동자를 떠올리니 갈증이 솟는다. 이어 목까지 건조해지며 마른 기침이 튀어나온다. 시각적인 그리움에는 습기를 흡수해가는 힘이 있는 것 같다.

나는 할머니의 휴대전화 속에서 옮겨 적어놓은 당신의 전화번호를 더듬어본다. 녹슬어버린 목소리가 쇳소리를 내진 않을지 걱정이다. 수화기를 들고 번호 하나하나를 삼키듯 누른다.

"여보세요. 장미리 씨 폰입니다."

전화 너머의 목소리는 당신이 잠깐 자리를 비웠다고 말한다. 나는 당신의 사촌오빠를 가장하여, 혹시 당신이 어디서 일

하는지 아느냐고 묻는다. 목소리는 손님을 상대하고 있는 듯
안녕히 가세요, 인사하더니 무심히 대답한다.

"여긴 광화문 로얄타임인데요."

사람들은 내 어깨에 걸린 큼직한 쇼핑백을 흘끔거린다. 당
신도 대다수의 여자들처럼 값비싼 가방을 좋아하겠지. 택시
는 세종문화회관에 조금 못 미치는 곳에서 멈췄다. 한 쌍의 젊
은 연인들이 검은 안경을 낀 나를 피해가다 고개를 갸웃하며
바라본다.

"어서 오세요."

당신의 모습은 보이지 않는다. 메뉴판에는 사주카페에서
찾아볼 수 없는 다양한 종류의 커피들이 가득 차 있다. 중간쯤
에 쓰인 커피 이름을 대고 주위를 두리번거린다. 이층에서 쟁
반과 마른 수건을 든 당신이 내려온다. 당신은 카운터 너머로
들어가 주문받은 커피를 만들기 시작한다.

"앉아서 기다리시겠어요. 번호 불러드릴게요."

주문을 받던 여자가 작은 번호표를 건네며 웃어 보인다. 구
석진 테이블에 자리를 잡는다. 카운터 모서리가 슬쩍 내다보
이는 자리다. 담당의는 내게 카페인과 알코올, 니코틴은 피하

라고 했다. 다른 사람보다 중독될 가능성이 높기 때문이라고
했다. 그러나 당신이 만들어 내놓은 커피는 카페인이라기보
다는 달콤한 관심처럼 보인다. 늘씬한 커피 잔 위로 흰 크림이
둘둘 얹어져 있고, 크림의 표면은 향긋한 계피가루로 얇게 덮
여 있다. 어쩐 일인지 당신의 레게머리가 부스스하고 화장이
들뜬 오렌지색 뺨은 움푹 패어 보인다. 당신은 유니폼 주머니
에 넣은 휴대전화를 수시로 확인한다.

　3시간 남짓 지나자 당신은 옷을 갈아입고 나온다. 나는 자
리에서 일어나 먼저 밖으로 나간다. 광화문 사거리는 퇴근길
로 한창 정체되어 있다. 당신은 목에 두른 스카프를 고쳐 매
며 지하철역으로 향한다. 목구멍처럼 깊고 어두운 역 계단을
내려가던 당신이 전화를 받는다. 목소리를 듣고 싶지만 더 다
가서면 나를 눈치채버릴 것만 같다. 당신은 지하도를 건너 종
각 쪽으로 향한다. 적당히 사람들 속에 묻혀 뒤를 쫓기가 쉽
지 않다. 당신이 밀레니엄 플라자를 앞둔 건널목 앞에서 멈추
어 선다. 나도 걸음을 멈춘다. 문득, 내 이름을 부르는 당신의
목소리를 듣고 싶어진다. 시간을 확인하던 당신의 걸음이 빨
라진다. 인파 속에 가린 뒷모습이 어느 틈에 멀어진다. 낯설어
진 도시의 소음이 귓가에 쟁쟁 울린다. 고막은 마치 거미줄처

럼 온갖 소리들을 달라붙게 한다. 당신이 보이지 않는다. 거리
에 내려앉기 시작한 어둠과 함께 불안감이 엄습해온다. 즐비
한 식당가의 뒷문들이 잔뜩 뚫려 있는 뒷골목은 음식쓰레기
와 부옇게 솟는 후끈한 김으로 질척거린다. 구불거리며 이어
지는 골목길을 얼마쯤 걸었을까. 안국역 3번 출구가 눈에 들
어왔다. 공중전화를 찾아 당신에게 전화를 건다. 신호음 대신
요란한 가요가 흘러나온다.

“여보세요.”

칼칼한 목소리다. 목에 가래가 잠긴 목소리는 누구냐고 묻
는다.

“전해드릴 게 있어서요.”

나는 떨려나오는 목소리를 가다듬으며 말한다. 수화기 너
머로 짧은 침묵이 이어진다.

“어디로 가면되죠?”

당신이 순순히 물어온다. 나는 묵직하게 늘어진 전화선을
만지작거린다.

병원에서 나온 지 석 달쯤 되었을 때다. 창틀 너머로 기어
들어온 볕은 다지류의 벌레처럼 간지럽게 무릎 위를 맴돌더

니 천천히 허벅지께로 올라왔다. 창문 너머 골목길을 지나는 동네 여자들의 목소리가 들려왔다. 젊은 여자 웃음소리가 골목을 울렸다. 그 높은 톤의 웃음이 따사로운 볕에 섞여 나를 자극했다. 슬그머니 성기가 부풀어 올랐다.

기척도 없이 방문이 벌컥 열렸다. 할머니와 내 눈이 마주쳤다. 보통 때라면 카페에 있어야 할 시간이었다. 나는 성기를 움켜쥔 채 숨을 멈추었다. 찰나의, 그러나 영원히 끝나지 않을 것만 같은 정적에 온몸 속이 진공상태가 되어 그대로 터져버릴 것만 같았다. 이내 그 멈추어 있던 순간을 부순 것은, 나를 등지고 돌아서는 할머니의 낮은 한숨이었다.

싱크대에 물 쏟아지는 소리와 도마질, 식기 부딪치는 소리가 들려오기 시작했다. 구수한 점심식사 냄새가 집 안 가득 퍼질 때까지도 나는 여전히 같은 자세로 정지되어 있었다. 아직 호흡이 붙어 있는 나를 누군가가 통째로 박제시켜버린 듯했다. 그날 이후 성기는 단 한번도 제대로 일어서지 못했다.

내가 머무는 거울 너머의 공간은 본래 화장실이었다. 할머니는 카페 내부수리를 하던 그 해 가을, 화장실의 구조도 새롭게 바꾸었다.

당신이 역 앞에 나타났다. 나는 건물에 반쯤 숨어 당신을 바라본다. 30분쯤 지났을까, 당신은 욕지기를 내뱉으며 어딘가로 전화를 건다. 거리 한복판임을 아랑곳 않고 거친 말투를 쏟아놓던 당신의 표정이 점차 일그러진다. 당신은 잠시 망설이는 눈으로 주위를 살피다가 걸음을 뗀다. 어쩐 일인지 계속해서 당신을 따라갈 마음이 내키질 않는다. 당신은 이내 지하철역 속으로 사라진다. 나는 골목에서 나와 걷기 시작한다. 인사동 거리에는 기다란 촛불과 알전구로 불을 밝힌 노점상들이 즐비하다. 각종 골동품들과 도자기부터 악세사리까지 없는 게 없다. 무심코 주위를 두리번거리던 나는 리어카 앞으로 다가간다. 당신에게 줄 만한 것을 찾았다.

그날 밤 잠자리에서 붉은빛 가죽으로 뒤덮인 악어가 내 발목을 물어가는 환상에 시달리며 수차례 가위에 눌렸다. 양쪽 종아리 밑으로는 사라진 발 대신 날카로운 갈고리가 박혔다. 나는 자꾸 악어에게 공격을 당하면서도 여전히 흙이 질퍽한 강가의 수풀 속에 머물렀다. 나와 함께인 당신은 탁한 물속에 쭈그리고 앉아 가랑이 사이로 점액질에 뒤덮인 주먹만한 덩어리들을 쏟아냈다. 축축해 보이는 덩어리 위로 조심스럽게 손을 갖다댔다. 덩어리들은 아메바처럼 꿈틀거렸다. 그것은 따뜻했다.

　당신의 집을 알게 된 것은 토요일 오후였다. 카페의 화장실보다 광화문의 로얄타임에 앉아 있는 날들이 더 많아질 즈음이었다. 처음으로 당신의 동네까지 따라간 나는 당신이 집에 들어가는 것을 확인한 뒤 돌아섰다. 낯선 동네의 길들이 아무렇게나 엎질러져 사방으로 흐르는 물길처럼 눈앞에 뻗어 있었다. 그때 요란한 문소리와 함께 당신이 다시 옥탑방에서 내려왔다. 잠시 후, 승용차 한 대가 골목 안으로 들어와 당신 앞에 멈추어 선다. 사십 대 후반쯤 됨직한 남자는 당신을 차 안으로 들이려 했지만 당신은 팔짱을 끼고 선 채로 꼼짝도 하지 않았다. 남자가 차창을 통해 흰 봉투를 내밀었다. 당신은 낚아채듯 봉투를 받아 내용물을 확인하더니 소리 내어 웃기 시작했다. 순간 등 뒤에 무언가 떨어지는 기척이 느껴졌다. 담에서 내려온 검은 고양이 한 마리가 나를 발견하고는 재빨리 트럭 밑으로 몸을 숨긴다.
　남자가 차에서 나온다. 당신과 말다툼을 하는 듯하더니 고개를 설레설레 젓는다. 그가 당신의 어깨를 천천히 두 손으로

222

감싼다. 둘은 당신의 옥탑방으로 올라간다. 바람이 옷깃 사이를 파고들자 온몸이 움츠러든다.

쥐가 난 다리를 펴고 일어서려 할 때였다. 급하게 계단을 뛰어내려오는 발걸음 소리를 들었다. 남자는 허둥지둥 대문을 열고 나와 차에 올라탄다. 단추가 제대로 채워지지 않은 채로 휘날리던 와이셔츠 자락이 차문 사이에 낀다. 남자는 세 차례나 문을 다시 여닫고 목에 대충 걸치듯 두른 넥타이를 거칠게 풀어 던지고는 핸들을 돌린다. 라이트 불빛이 더듬거리며 골목을 빠져나가고 나자 다시 흔들림 없는 고요가 차오른다. 나는 열린 대문 안을 슬그머니 들여다본다. 당신의 옥탑방까지는 내가 지내는 카페 화장실로부터 옥상까지 놓여 있는 것과 비슷한 개수의 계단이 펼쳐져 있다. 소리죽여 계단 위로 발을 내딛는다. 주머니 속에 넣어둔 당신에게 주고 싶은 선물을 확인해본다.

옥탑방의 현관문 틈새로 언뜻 신발장이 보인다. 옥탑방 옆으로는 말라죽은 식물들이 그대로 꽂혀 있는 큼직한 화분들이 서너 개 늘어서 있다. 닳아 끊어진 빨랫줄도 아무렇게나 엉킨 채 옥상 구석에 박혀 있다.

"여…… 어……."

문틈으로 희미한 소리가 들려온다. 비닐봉지가 부스럭거리는 소리 같기도 하고 손끝으로 칠판을 긁는 것 같기도 한 그 묘한 소리에 나도 모르게 옥탑방 가까이로 간다. 현관문을 조심스럽게 당긴 순간, 숨이 막혀오는 것을 느낀다. 방바닥에 나동그라져 있던 당신이 가까스로 내게 손을 뻗친다. 당신의 입술 가장자리에서 흘러나온 침이 흥건히 바닥에 고여 있었다. 다른 한쪽 손으로는 뒤통수를 감싼 채, 당신은 점선처럼 띄엄띄엄 신음소리를 뱉어낸다. 당신에게 다가가려는 찰나 뒷목이 굳어오는 것을 느낀다. 화장실 거울 너머로 출렁거리던 작고 검은 샘, 당신의 눈동자가 소용돌이치며 점점 확장되기 시작한다. 집 안의 모든 것들이 검은 홀의 소용돌이 속으로 순식간에 빨려 들어간다. 나만 남겨 놓을 것 같은 당신의 홀을 향해 손을 뻗친다. 손끝부터 시작해 내 몸이 홀 속으로 빠져든다. 당신의 홀 속에서 문득, 괴인 물이 빠질 때의 기괴한 소리를 들은 것도 같았다.

나에 대한 의사 소견서를 손에 쥐고 나타난 할머니는 내가 무색할 만큼 침착해 보였다. 당신은 입을 굳게 다문 채 사흘째 중환자실에서 의식불명에 빠져 있다. 소란스럽게 구는 사

람은 오직 담당형사뿐이었다. 그는 내게 말을 뱉어내기를 강
요했다. 왜 당신을 구타했느냐고 나를 다그친다. 당신의 뒤통
수에 맥주병을 내리쳤다는 사실만 시인하면 모든 절차는 쉽
게 풀릴 것이라고 구슬리기도 한다. 가장 먼저 현장을 발견한
주인집여자는 내가 당신 옆에 웅크려 앉아 있었다고 증언했
단다. 피가 묻은 맥주병에는 아무런 지문도 남아 있지 않았다.
　"씨팔, 돌아버릴 것 같으니까 무슨 말 좀 해라. 지금 누가 누
굴 심문하는 거야, 제기랄……"
　형사는 할머니를 흘끔거리며 욕지기를 내뱉었다. 할머니는
나를 건너보다가 한숨 섞인 목소리로 중얼거렸다.
　"올해 네 운수에 관재수가 있더라니……"
　취조실 안의 음습한 공기는 화장실 너머의 내 보금자리를
떠올리게 했다. 얼마 후 당신이 깨어났다는 소식을 들었을 때
나는 취조실의 곰팡내 섞인 냄새를 한껏 들이마셨다. 그러나
당신은 내 얼굴을 기억하지 못했다. 나는커녕 당신 자신의 이
름 석 자와 집 주소조차도 기억하지 못했다. 그 무렵 광화문
로얄타임의 아르바이트생은 내가 자주 가게에 들렀다는 증언
을 했다고 한다. 나는 아무런 변명도 풀어놓을 수가 없다. 입
을 열기만 하면, 당신의 눈 속으로 빨려 들어가던 순간의 황

홀함이 흔적 없이 증발해버릴 것만 같다. 다행인 것은, 당신이 잃어버린 기억의 한 귀퉁이에 내 모습이 짧게나마 담길 수 있었다는 사실이다. 그런 생각을 하니 다시금 비실비실 웃음이 나온다. 얼굴을 붉힌 형사가 벌떡 일어서자 의자가 요란한 소리를 내며 뒤로 넘어간다.

진범이 잡힌 날은 첫눈이 왔다. 나의 가택 무단침입에 대한 처벌 논의가 오가는 듯하더니, 며칠 후 의사와의 상담이 이루어졌다. 흰 가운을 보자 반사적으로 헛구역질이 나왔다.

나는 집에 돌아오자마자 수화기를 들었으나 당신의 전화는 불통이었다. 건네주지 못했던 선물은 주머니 속에서 부스러기가 되어 쏟아져 나왔다. 그것은 손바닥 반쯤 되는 크기의 자기 찻잔이었다. 잎맥이 생생히 살아 있는 단풍잎 무늬가 차를 부으면 둥실 떠오르는 듯 보인다던 장사꾼의 말이 떠오른다. 나는 당신이 입원해 있는 병원에 전화를 건다.

늙은 여자의 목소리가 당신을 바꿔준다.

"누구세요?"

당신이 묻는다.

"정말 기억 안 나요?"

나는 옷자락을 만지작거리며 되묻는다. 한동안 침묵이 이어진다. 일부러 두어 차례 마른기침을 내뱉는다. 당신은 이내, 누구신데 절 아나요, 하고 묻는다. 당신의 목소리는 힘이 없고 나른하다.

짧게 다듬은 뒤통수가 허전하다. 이발소에서 나와 꽃집으로 향한다. 꽃집 실내에는 갖가지 축축한 꽃향기가 뒤엉켜 몽롱한 기분이 들게 했다. 카라꽃을 사들고 큰길거리로 나온다. 꽃다발에서 풍기는 이국적인 향기가 목덜미를 적신다. 중년의 택시 기사가 백미러로 나를 넘어보며 유쾌하게 물었다. 애인 만나러 가나 봐요? 나는 대답 대신 눈길을 피한다.

당신은 잠들어 있었다. 열린 블라인드 사이로 오후의 햇빛이 넘어들어 당신의 담요 위에 머문다. 다른 환자들과 달리 당신 곁에는 보호자나 그 흔한 음료도 보이지 않는다. 옆자리 환자의 보호자가 내게 좀 앉으라고 권한다. 그러나 나는 꽃다발을 들고 그대로 선 채로 당신을 내려다본다. 안경이 콧잔등에서 연신 미끄러져 내린다.

당신은 내게 이것저것 물었다. 나는 딱히 할 말이 없어 고갯짓으로 대꾸했다. 이따금 물끄러미 바라보고 있노라면 당신은 낮게 한숨을 내쉬며 고개를 돌리곤 했다. 누군가 유료텔레비전에 동전 두 개를 딸그락거리며 주입한다. 나는 종잇장처럼 얇아져버린 듯한 혀를 잘근거리다가, 한참 만에 입을 뗀다. 사고가 나기 전에 우리는 남다른 관계였다고 말한다.

당신은 담요 위에 놓인 꽃다발을 만지작거린다. 무엇이든 찾아보려고 애쓰는데 이렇게도 잡히는 게 없는 것을 보니, 애초에 가진 것이 아무것도 없는 사람이었나 보다, 라고 중얼거린다. 텔레비전을 보던 보호자 중 누군가가 채신머리없이 웃어젖힌다. 나는 천천히 손을 뻗어 당신의 창백한 손등을 감싼다. 당신은 손을 뿌리치지 않는다. 대신 따뜻한 무언가가 내 팔뚝 위로 떨어진다. 옷소매로 눈가를 문지르던 당신의 눈길이 나를 향한다. 내게 우리의 관계를 재차 확인하던 당신이 울먹인다.

"그럼 왜 이렇게 늦게 찾아온 거예요. 얼마나 무서웠는지 알아요?"

당신의 두 어깨가 내 품 안에 들어온다. 병원의 창문 너머로 가로등에 의지해 아득히 어둠에 잠기기 시작한 고가도로가 보인다. 나에게 몸을 기대고 있어서인지 손바닥 밑으로 느껴지는 당신의 척추가 낚싯대처럼 휘었다.

당신은 퇴원하고 반 지하 단칸방으로 집을 옮겼다. 화장대 위의 작은 액자 속에는 당신과 내가 함께 웃는 모습이 담겼다. 나는 주말마다 당신에게 꽃을 선물했다. 당신은 시내의 칵테일 바에 일자리를 구했다. 아무런 문제없는 나날들이 이어지고 있는 것만 같았다.

그날 당신은 그간에 머리칼이 자라 지저분해진 레게머리를 풀고 부스스한 펌을 하겠다고 했다. 당신이 앞장선 곳은 칵테일 바 근처의 대형 미용실이었다. 머리카락에 롤을 말고 중화제를 바르는 동안 나는 남성용 잡지를 들여다보고 있었다. 당신이 머리를 감고 나와 자리에 앉았을 때였다. 지루한 잡지책을 덮고 많은 손님들 틈에서 당신의 뒷모습을 찾았다. 미용사의 노련한 손이 당신의 머리칼을 건조시키고 있었다.

당신이 미용실의 큼직한 거울로 나를 바라보았다. 그리고는 미소를 띠우며 배가 고프지 않느냐고 물어왔다. 문득, 당신과 함께 거울에 비친 나의 모습을 보았다. 나는 거울을 통해 당신을 바라보고, 당신은 거울을 통해 나를 바라보고 있었다. 잠시 후 내게서 이상한 낌새를 느낀 당신이 다가올 때까지도 나는 각진 거울 안을 노려보듯 응시하고 있었다.

"괜찮아요?"

당신이 내게 손을 뻗는 순간, 머릿속에 부연 먼지가 가득 차오르는 듯 현기증이 치솟았다. 나는 도망치듯 미용실을 빠져나왔다. 당신이 머리에 수건을 감은 채로 나를 부르며 쫓아나왔다. 각종 헤어스타일 사진이 큼직하게 걸린 3층 계단을 황급히 뛰어내려 밖으로 나왔을 때, 뒤에서 짧고 날카로운 비명소리가 불거졌다. 당신이 계단 밑에 나동그라진 채 얼굴을 찡그리고 있었다. 비명소리에 밖을 살피러 나온 직원들이 당신을 부축해 일으켜 세웠다. 나는 당신 가까이로 한 발짝도 더 다가설 수가 없었다. 신음을 내뱉으며 간신히 일어선 당신의 곁에 있던 직원이 소리를 질렀다. 원피스를 입은 당신의 흰 다리를 타고 치마 밑으로 붉은 핏줄기가 흘러내리고 있었다.

그날 이후로 나는 당신과 연락을 하지 않는다. 당신은 할머니를 통해 아이가 유산되었다는 말을 전한다. 할머니는 당신의 전화를 끊고, 다시 잡석에 글씨를 새긴다. 텔레비전 속에서는 보신각종이 울린다. 나는 맨발을 이불 속에 넣은 채 서울 시내의 하늘 곳곳에 퍼져나가는 불꽃을 본다. 상기된 뺨의 여자 아나운서는 연신 입김을 뿜어내며 새해의 벅찬 감동을 알린다.

아르바이트생은 비누거품을 내어 거울을 문지른다. 거품 너머 여자의 모습이 부옇게 번져 보인다. 여자는 거울에 물을 서너 번 끼얹고 마른 수건으로 물기를 훔쳐낸다. 여자의 윤기 흐르는 단발머리가 귀밑에서 흔들거린다. 여자가 고무장갑을 벗고 거울을 바짝 들여다본다. 여자는 금이 간 유리부분을 손으로 문질러본다. 픽, 하고 실소를 지은 여자는 물을 묻혀 뺨에 일어난 각질을 가라앉힌다. 나는 짙은 고동빛의 눈동자와 그 속에 꽃잎처럼 떠 있는 동공을 들여다본다. 여자는 만족스러운 듯 싱긋 웃으며 화장실을 나간다.

사람들은 여전히 거울 너머에 내가 머물고 있다는 사실을 알지 못한다. 오늘도 거울을 들여다보는 사람들의 모습을 마주 바라보며 나는 그들이 모르는 동안 그들의 일부가 된다. 당신은 이런 나를 기생충 같은 습성이라 욕할지 모르지만 한때 당신을 보고 있었던 순간의 그 황홀함을 떠올린다면 나는 기꺼이 당신을 사랑했었다고 말할 수 있다. 그러나 그날 미용실에서 거울을 통해 당신을 확인하던 순간, 나는 당신의 눈에 휘몰아치던 홀 속에 빨려 들어갔던 내가 다시 토해져 나오는 것을 보았다.

화장실의 전구가 두 번 켜졌다 꺼진다. 덮고 있던 이불을 옆으로 밀어놓는다. 어둠으로 뒤덮인 거울 너머의 공간은 전혀 들여다보이지 않는다. 이 시간의 거울은 그저 검은 벽에 불과하다. 쪽문을 열자 찬바람이 기다렸다는 듯 달라붙는다.

클럽 구즈

'귀하의 이름이 입사자 명단에 없습니다. 다음 채용기간에
다시…….'

씹고 있던 빵조각을 삼킨 나는 걸레와 빗자루를 챙겨 들고
아버지 방으로 들어갔다. 뒤집어진 채 둘둘 말려 있는 양말들
을 빗자루로 빨래바구니 속에 쓸어 담았다. 앉은뱅이책상 위
에는 즉석복권 여러 장과 복권 스티커 찌꺼기가 흩어져 있었
다. 창문을 열어젖혔다. 방 천장에는 원형의 빨래건조대가 매
달려 있었다. 개 혓바닥처럼 축 늘어져 있던 양말과 속옷들이
창문 너머로 들어오는 바람에 빙글빙글 돌다가 멈추었다.

‘클럽 구즈 – 음악을 좋아하고 야간업무가 가능하신 분’

아르바이트 자리치고는 시급이 꽤 높은 편이었다. 저녁 9시부터 새벽녘까지 근무이니 집에서 아버지와 마주칠 일도 없었다. 모니터에 뜬 휴대전화 번호로 전화를 걸었다. 신호음이 한참 울린 뒤에야 자다 깬 듯한 남자 목소리가 들려왔다. 목소리로 짐작건대 체구가 좋은 진한 밤색 곱슬머리의 삼십 대 중반쯤 독신남이 아닐까 싶었다. 그런 남자가 주인으로 있는 클럽은 아마 어두침침한 조명 밑에서 스무 가지쯤 되는 병맥주와 칵테일을 팔고, 단골손님을 주로 받는 그리 넓지 않은 곳일 것 같았다. 그루브 음악에 취한 젊은이들이 밤새 좁은 스테이지에서 미역처럼 흐느적거리고 있는 모습이 그려졌다. 주인남자는 5시쯤 면접을 보러 오라고 말했다. 수화기 너머로 고양이 울음소리가 들려왔다.

새 면도날을 끼워 면도를 했다. 옷장을 열자 면접을 보러 갈 때 입었던 쥐색 정장에서 아직까지도 드라이클리닝 냄새가 풍겼다. 나는 해골이 그려져 있는 검은색 티셔츠와 물 빠짐 효과가 완벽하게 되어 있는 딱 붙는 청바지를 꺼내 입었다. 대학교 2학년 때 이후로 입은 적이 없는 옷이었다.

주인남자는 가게가 홍대 앞 클럽거리에서 가깝다고 했다. 받아 적은 약도를 따라 한참을 헤매다 찾은 가게는 홍대의 뒤통수쯤에 붙어 있었다. 외관은 조촐했다. 간단한 네온간판이 좁은 입구 위쪽에 비스듬히 달려 있었다. 셔터는 반쯤 열려 있었다. 목구멍처럼 검고 깊은 계단을 내려갔다. 클럽보다는 재즈 바에 어울릴 법 싶은 루이 암스트롱과 오드리 헵번, 비비안 리 등의 흑백사진이 벽면에 띄엄띄엄 붙어 있었다. 막 걸음을 옮기려는데 계단 구석 쪽에 빛나는 것이 눈에 띄었다. 누군가의 머리칼에서 미끄러진 듯한 나비 모양 큐빅 머리핀이었다. 가게 문을 열자 안에서 흰색에 갈색 얼룩무늬가 박혀 있는 펑퍼짐한 고양이가 기어 나왔다. 발끝에 씹다가 만 껌을 붙여둔 듯 둔한 걸음걸이와 나른하게 풀린 눈빛으로 보아 사냥에 대한 본능을 완전히 상실한 녀석 같았다. 주방에서 모습을 드러낸 남자는 내가 예상한 모습과 거의 유사했다. 다만 갈색 곱슬머리가 아니라 어항 벽면에 낀 이끼를 긁어내듯 면도날로 머리칼을 깨끗이 삭발한 헤어스타일이었다. 실내는 천장이 낮고 인도 음식에 넣는 향료와 비슷한 냄새가 배어 있었다. 남자는 내 이름을 친근하게 부르고는 클럽의 구석 쪽을 턱짓으로 가리켰다. 조명도 닿지 않는 구석 테이블에는 비쩍 마른 사내가 앉아 조금 전에 마주친 고양이를 쓰다듬고 있었다. 남자는 그가 클럽의 사장, 구즈라고 했다. 구즈라는 애칭이 민망하게 들릴 정도로 그는 전형적인 한국 남성의 외모를 갖춘 사내였다. 사장은 한쪽 귀걸이를 만지작거리며 내게 웃어 보였다.

클럽 구즈에서는 목, 금요일마다 파티가 벌어진다고 했다. 내가 일을 시작한 날은 화요일이었다. 가게는 한산했다. 바텐더 겸 주방 일을 보는 남자는 매우 불성실했는데, 제대로 하는 일이라고는 고양이에게 통조림을 챙겨주는 일밖에 없었다. 그나마 테이블을 채운 손님들은 칵테일 잔의 가장자리에 남아 있는 립스틱 자국에 화를 내거나, 기본 안주로 나간 땅콩에서 죽은 벌레가 나왔다고 소리 지르기 바빠서 술과 음악을 제대로 음미할 여유가 없어 보였다. 서빙을 담당하는 나는 근무 시간의 대부분을 스탠드에 앉아 가게 바닥의 타일 무늬를 눈으로 좇으며 보냈다. 가끔 졸다가 옆구리에 끼고 있던 큰 쟁반을 떨어뜨리는 바람에 고양이의 날카로운 시선을 받기도 했다.

목요일이 되자 면접을 보던 날 이후로는 마주치지 않았던 사장이 나타났다. 주방남자는 연한 분홍빛 색안경을 쓰고 나왔다. 그는 전날과 다르게 부지런히 주방과 바를 오가며 무언가를 만들었다. 나는 홀을 걸레질하고 사장의 지시대로 테이블 중앙에 초를 켜두었다. 사장은 창고에서 네온 몇 개를 꺼내와 벽에 걸었다. 색색가지 불빛의 네온은 하나같이 모형을 알아볼 수 없는 기하학적인 도형들을 이루고 있었다. 가게 입구에는 손님을 받지 않는다는 푯말을 내걸었다. 자정이 가까워지도록 클럽 안은 바람이 고이는 해골 속처럼 서늘하고 고요했다. 어쩐지 가게를 박차고 나가고 싶은 충동이 문득문득 두드러기처럼 솟았다 사라지곤 했다. 사장은 콧노래를 부르며 한쪽 벽면을 밀어냈다. 놀랍게도 벽면이 미닫이문처럼 순순히 열렸다. 문을 열자 홀 너비의 반쯤 되는 공간이 드러났다. 공간 너머의 벽은 사람의 형체를 우스꽝스럽게 찌그러뜨려 비추는 바보거울로 이루어져 있었다.

그날 밤 주방남자가 건네준 음료를 받아 마시지 않았더라면, 탈수기처럼 정신없이 돌아가는 비좁은 실내를 당장 빠져나왔을 것이다. 새벽 2시 무렵이 되자 클럽 안은 회원 카드를 들고 찾아온 손님들로 꽉 찼다. 그들은 전부 성도착증 환자들 같았다. 연신 기둥에 붙어 엉덩이를 비벼대던 남자는 타조 알로 만든 팬티를 입고 있었다. 장식장 속에서 집어온 듯한 타조 알에 끈을 끼워 달고 구멍 속에 성기를 밀어 넣은, 기발한 디자인이었다. 치마를 걸치지 않고 스타킹만 신은 중년의 여자가 내 이마에 야광 립스틱 자국을 남겨놓고 사라졌다. 랩과 빠른 비트가 범벅이 된 음악이 실내를 두드려댔다. 스테이지에는 수많은 살덩어리들이 엉겨 철떡이고 있었다. 테이블에 앉아 잠시 쉬는 사람들은 담배처럼 길게 말아놓은 정체불명의 것들을 양초 불꽃에 불붙여 피웠다. 이런 곳에 오기에는 좀 어려 보이는 여자애들이 눈에 띄는가 하면 손끝으로 퉁겨보고 싶을 정도로 갈비뼈가 도드라진 노인도 있었다. 나는 주방남자가 준 음료 때문에 기분이 몽롱해진 채로 홀 안을 누비며 주문을 받으러 다녔다. 누군가의 벌떡 선 성기가 내 허벅지를 문질러대는 듯한 느낌을 잠깐 받긴 했지만 역겹다는 생각이 들지 않았다. 사람들은 새벽 5시가 되기 전에 사라졌다. 퇴근할 준비를 마치고 나왔을 때는, 홀 가장자리에 화장이 얼룩덜룩한 이십 대 후반의 여자가 취해 쓰러진 채로 집에 전화를 걸고 있을 뿐이었다.

아버지는 석 달 치의 밀린 월급 대신 잣나무 옷걸이를 들고 왔다. 만취해 돌아온 아버지는 잣나무 옷걸이를 전봇대로 오인하고 그 앞에서 오줌을 누었다. 다음 날 집 앞에 버려진 잣

나무 옷걸이에서는 고유의 그윽한 향기 대신 아버지의 주름
살처럼 찌들대로 찌든 지린내가 풍겼다.

금요일의 파티는 전날보다 더 많은 사람으로 북적였다. 무
덤에 파묻힌 시체들이 벌떡벌떡 일어설 것 같은 광란의 밤이
었다. 가장 인상에 남았던 것은 몇 달 전 사촌 형 결혼식에서
봤던 형의 친구를 발견한 것과 퇴역한 잡지모델이 애벌레처
럼 스테이지 바닥을 기어 다니던 장면이었다. 사람들 속을 비
집으며 빈 술잔을 치우던 나는 잠시 바보거울에 기대어 선 채
로 눈을 감았다. 누군가 내 어깨를 두드리며 말을 걸었다.

"난 다섯 번이나 성공했다네."

그는 내게 몸을 기대어오며 속삭이듯 말했다. 진 토닉과 담
배 냄새가 섞여 귓불에 끈적거리게 달라붙었다. 키가 작고 뚱
뚱한 체구의 그는 하와이안 의상을 입고 있었다. 나는 눈이 풀
린 그에게 무심히 물었다. 뭐요?

"불놀이 말이야. 어제 새벽 저 앞 큰길에 향수 가게 사건 있
지, 내 작품이라구."

가게에 오는 도중 시커멓게 타들어 간 향수 가게를 지나쳤
던 것이 떠올랐다. 남자는 체리를 입에 넣고 우물거렸다. 그는
이름을 들으면 알 만한 출판사의 실장이라고 말했다. 두 살 연

상인 아내는 닥치는 대로 옷과 화장품을 사 모으는 쇼핑 중독자라고도 덧붙였다. 음악에 맞춰 몸을 흔들어대던 그는, 개인적으로 친한 모작가가 동성애자이며 현재 하와이에서 애인과 함께 휴양 중이라고 말하고는 사라졌다. 실내에는 매캐한 연기가 자욱했다. 어떤 여자는 맹꽁이가 울어대는 듯한 소리로 트림을 해대며 웃었다. 사장은 구석 테이블에 앉아 어느 아가씨의 허벅지를 쓰다듬고 있었다. 이 클럽 안에서는 그가 가장 멀쩡해 보였다.

클럽에서는 손님들이 별도로 팁을 주지 않았다. 대신 파티가 끝난 뒤 바닥에 떨어진 지갑을 주워냈을 때, 사장은 가져도 좋다고 말했다. 청바지 뒷주머니에 챙겨 넣은 지갑은 꽤 두둑했다. 피로에 두 눈이 멀어 버릴 지경이었던 나는 지갑 속을 자세히 들여다볼 겨를도 없이 집으로 돌아왔다.

아버지는 라면으로 아침 식사를 대신하고 있었다. 화장실로 향하는 나를 보더니 언제까지 아르바이트나 하며 시간을 허비할 셈이냐고 걸고넘어진다. 아버지는 샤워하는 내내 화장실 문밖에 서서, 알아듣지 못할 말들을 구시렁거렸다. 클럽에서 보았던 뚱뚱한 남자는 정해놓은 장소에 방화를 저지르고, 멀리서 불길을 지켜보며 자위를 한다고 했다. 아내의 시어 빠진 혓바닥보다는, 어두운 허공을 핥으며 솟아오르는 불길이 그의 피를 자극한다는 것이었다.

10만 원이 조금 넘는 액수의 현금, 주민등록증(24세, 여, 경기도 성남시, 정인숙), 학생증, 별 모양 도장이 일곱 개 찍힌 비디오방의 포인트 카드, 서점과 게임방과 옷가게의 회원카드, 반짝이가 붙은 스티커 사진, 색이 누렇게 바래고 꼬깃꼬깃 접힌 영화배우의 친필사인, 체크카드, 경품행사 안내가 쓰인 영수증, 코팅된 네 잎 클로버.

"초짜로군요."

그녀는 자판기 커피를 뽑아 건네며 말했다. 이어, 클럽 구즈에서 일한 지 얼마나 되었느냐고 물었다. 나는 일주일도 채 되지 않았다고 말했다.

"그곳에서는 설령 누군가 손가락을 잘라두고 갔다고 해도 찾아주면 안 돼요."

손가락을 주웠더라면 돌려주지 않았을 거라고 대꾸하려다가 그만두었다. 그녀의 뒷주머니에 꽂힌 무전기가 종이 찢는 소리를 내며 지지직거렸다. 나는 클럽 구즈에 모이는 사람들이 언제부터 문란한 파티를 시작하게 되었으며, 어떻게들 알고 찾아오는 것인지 물었다. 그러나 그녀는 어깨를 으쓱이며 율무차를 마실 뿐 별다른 이야기를 해주지 않았다. 대신 지갑에서 만 원짜리 석 장을 꺼내 사례비로 내밀었다.

"아무리 좋은 그림이라도 액자 뒷면에는 먼지가 끼어 있기 마련이에요. 당연한 건데, 굳이 액자 뒷면을 들춰보려는 사람이 이상한 거죠."

그녀는 목덜미에 붙은 머리카락을 떼어내며 말했다. 나는 3만 원을 돌려주었다. 그녀는 마치 외국인처럼 어깨를 으쓱해 보이더니 돈을 다시 지갑에 넣었다. 누군가가 그녀를 불렀다. 그녀는 라일락 향기를 뿜어내며 돌아섰다.

얼마 안 가, 나는 그들의 파티에 차차 무뎌지기 시작했다. 지나치게 비정상적인 행위가 벌어졌기에 오히려 그것은 지극히 일반적인 정신병자 집단처럼 대수롭지 않게 보였다. 가끔 모습을 보이는 정인숙을 바라보는 작은 즐거움도 생겼다.

그녀는 긴 생머리에 조화를 달고 커피색 젖꼭지가 드러나는 망사 윗옷을 입고 춤을 추었다. 주문받은 럼주를 들고 나가는 도중 그녀가 다가와 내 발을 밟았다. 그녀는 구석진 자리로 나를 끌고 가서 숨을 고를 겸 담배를 피웠다.

"여기 오는 사람들 이상하게 보지 마세요. 왜, 가끔 미치고 싶을 때가 있지 않아요? 여긴 그게 허락된 곳이라구요. 당신도 구역질 나는 껍질을 벗어던져요, 다 벗어 던지는 거예요."

그녀의 코와 입에서 녹색 담배 연기가 뿜어져 나오는 것 같았다. 조명 때문이었다. 정인숙은 길게 붙인 인조손톱으로 내 청바지의 지퍼 부근을 긁적였다. 나는 들고 있던 럼주를 단숨에 들이켰다. 그녀가 낄낄거리며 내 손을 끌고 주방 쪽을 향해 다가갔다. 주방남자는 바에서 블랜딩 중이었고, 주방에는 고양이가 몸을 둥글게 말고 앉아 있었다. 우리는 주방 뒤의 창고로 들어갔다. 선반에 가득 찬 식료품들 아래로 컴퓨터가 놓여 있다. 창고에는 한 사람이 옷을 갈아입을 만한 공간만 겨우 남는 정도였다. 그녀는 햄버거 포장을 벗기듯 내 옷을 벗겨 냈다. 나를 찾는 주방남자의 목소리와 그녀의 신음이 뒤엉켜 고막을 향해 굴러들어오던 순간, 나는 신음하듯 중얼거렸다.

"아, 널 사랑할 것 같아."

파티를 즐기는 사람들은 전부 한 덩어리의 생물체 같았다. 거리낌 없이 속옷 차림으로 활보하는 것은 마치 인디언이 된

듯 자유로운 기분이었다. 서빙을 하던 도중 서너 차례 술잔을 깨뜨렸지만 사장은 화를 내는 대신 낄낄거리며 웃었다. 나도 마주 웃었다. 맨발로 거닐던 중년의 남자가 유리조각을 밟아 피를 흘렸지만 그도 낄낄거리며 웃었다. 아직 살만한 세상이었다.

새벽 3시경 분위기가 가장 무르익었을 무렵, 누군가가 스피커에 마이크를 연결했다. 그는 테이블 위로 기어 올라가더니 음악 소리를 낮춰달라고 부탁했다. 아랫배가 불룩 나온 노인이었다. 그의 머리 뒷부분에는 손바닥 넓이만큼의 백발이 남아 있었다. 땀이 찬 대머리는 조명에 번들거리고 있었는데, 그 중앙에 매직으로 그려 넣은 해골 모양이 금방이라도 안면으로 기어 내려올 것 같았다. 사람들은 유쾌한 표정으로 그에게 집중했다. 주방남자는 음악 소리를 줄이고 바에 기대어 섰다. 나는 한쪽 옆구리에는 쟁반을 끼고 다른 쪽에는 정인숙을 끌어안고 있었다. 노인은 비틀거리며 파티에 대한 찬사와 클럽을 마련해준 사장에 대해 감사를 표했다. 사람들은 김샌다며 야유를 날렸다. 음악 볼륨이 다시 높아지려 하는 차에, 그는 즐거운 선물을 준비했다며 손을 들어 보였다. 그리고는 주머니에서 박카스 병을 꺼냈다. 그는 단숨에 뚜껑을 열고 내용물을 들이마셨다. 2초 가량의 짧은 침묵이 이어지더니 음악 소리가 전보다 크게 솟아올랐다. 미치광이들은 다시 머리를 흔들어대며 춤추기 시작했고, 나는 빈 쟁반을 든 채, 여전히 테이블 위에 서서 버티고 있는 그를 바라보았다. 순간, 그가 몸에 경련을 일으키며 뒤로 나자빠졌다. 아랑곳하지 않는 사람들 속을 헤집고 그를 찾았다. 그는 눈 흰자위를 뒤집어 보인 채 게거품을 쏟았다. 이어 몸이 심하게 뒤틀리며 호흡곤란 증상을 보이기 시작했다. 노인이 쇼를 벌인다고 생각했던 사람들은 그제야 비명을 지르며 그에게서 물러났다. 구조대에 연락을 취하는 사람은 아무도 없었다. 내가 휴대전화를 꺼내는 순간 누군가가 손등을 걷어차는 바람에 떨어뜨리고 말았다.

"여기로 사람들을 부를 셈이야? 일단 데리고 나가서 연락해."

카랑카랑한 목소리의 젊은 여자가 떨리는 목소리로 말했다. 사장이 사람들을 밀치고 다가왔다. 노인의 눈꺼풀을 들추어보던 그는 미간을 찌푸리며 주방남자를 불렀다. 남자가 다가와 노인을 어깨에 들쳐 멨다. 두 사람이 가게를 나가는 모습을 바라보고 있으니 현기증이 솟았다. 누군가가 다시 음악을 틀었고, 정인숙이 다가와 내 허리를 감싸 안았다.

"가끔 저런 경우도 있어. 브레이크가 맛이 간 거지."

사람들은 거리낌 없이 주방으로 들어와 술을 꺼내 마셨다.

고양이는 바보거울에 묻은 알코올 얼룩을 핥고 있었다. 거울 속 나는 비대한 머리통이 찌그러지고 팔과 다리가 한 뼘밖에 되지 않았다. 사장은 고양이 꼬리에 붉은색 노끈으로 만든 리본을 달아 주었다.

정인숙은 어느 때보다 더욱 흡착력 있게 내 몸에 달라붙었다. 땀이 밴 그녀의 등은 파충류의 피부처럼 미끌미끌했다. 창고 내부의 공기는 그녀와 나의 숨결로 후텁지근하게 덥혀지고 있었다.

그녀가 들고 있던 마티니를 내 가슴팍에 쏟아 붓고 핥아대고 있을 때였다.

"무슨 냄새 나지 않아?"

그녀가 물었다. 나는 재빨리 내 겨드랑이에 코를 대보았다. 그녀는 문을 열고 슬쩍 바깥을 살펴보았다. 이내 그녀가 내 허벅지 사이를 파고들어 와 리듬을 타기 시작했다. 얼핏, 밖에서 비명을 들은 것 같았다. 다시 문을 열어젖혔을 때는, 시커먼 연기가 실내를 무겁게 배회하고 있었다. 음악이 삐익거리며 쇳소리를 내더니 날카로운 불꽃과 함께 오디오가 터지고, 전기가 차단되었다. 불길이 벽면과 천장의 전선을 타고 번져나가고 있었다. 어두운 실내에서 우왕좌왕하는 가운데 누군가의 등짝에 불길이 붙었다. 멀찍이서 펄쩍거리며 뛰는 불덩어리가 마치 도깨비불 같아 보였다. 나는 정인숙의 손을 잡고 더듬거리며 주방의 뒷문을 찾았다. 매캐한 연기와 함께 공기가 탁해지자 관자놀이에 엉킨 핏줄들이 모두 팽창해 터질 듯 고통스러웠다. 그녀와 나는 시멘트 벽면에 붙은 사다리 계단을 이용해 지상으로 올라왔다. 검은 그물 스타킹과 속이 비치는 브래지어 차림의 그녀는 겁에 질린 채 큰길 쪽으로 뛰어나갔다. 가게 안에서 빠져나오지 못한 사람 수가 꽤 많은 듯했다. 나는 구경꾼 속에 묻혀 있었다. 소방대원의 말에 의하면 클럽은 잿더미가 되었다고 했다. 휘청거리는 다리를 가누며 집으로 향했다. 침대 위에 눕자마자 잠이 쏟아졌다. 온몸이 낡은 시멘트벽처럼 가루를 털어내며 부서져 가는 듯했다.

　왼쪽으로 기운 낡은 버스가 유난히 기우뚱거리며 사거리를 지났다. 넥타이의 매듭을 헐겁게 풀었다. 벼룩시장광고를 보고 찾아간 사무실에서 면접을 마치고 돌아오는 길이었다. 개를 안고 탑승한 여자가 버스 운전기사와 말다툼을 하고 있었다. 버스 안의 곰팡내와 더불어 축축한 개털 냄새가 속을 메스껍게 만들었다. 나는 도중에 홍대 입구에서 내렸다. 한 달에 한 번 있는 클럽데이를 맞이해 홍대 길거리에는 잘 차려입고 나온 젊은이들이 썰물 후 개펄에 남은 게 떼처럼 포진하고 있었다. 불이 났던 클럽은 아직 복구 작업이 되지 않은 채 황폐한 모습 그대로 남아 있었다. 그을음이 얼룩진 클럽 입구 때문인지 골목 전체가 스산해 보였다. 문득, 정인숙의 짝짝이 가슴이 그리워졌다. 그날 밤 홍대 어느 뒷골목을 지나다가 낯익은 도둑고양이를 본 것 같기도 했다.

정인숙에게 전화를 걸어 보았다. 다소곳한 신호음이 몇 번 굴러가더니 휴대전화 번호가 바뀌었다는 안내 목소리가 흘러나왔다. 스무 번도 넘게 들은 목소리였다. 면접 결과는 이번에도 역시 좋지 않았다. 오랜만에 집 안 청소를 했다. 3분 카레에 밥을 비벼 먹으며 아르바이트 사이트를 검색해 보았다.

'클럽 구즈 - 음악을 좋아하고 야간업무가 가능하신 분'

게시물의 제목을 다시 확인해 보았다. 가게 위치는 대구로 바뀌어 있었다. 클럽 구즈가 잿더미가 되어버렸을 때 가장 아쉬움을 품게 했던 것은 내부의 한쪽 벽면을 채우고 있던 바보 거울이었다. 그것은 실물을 희화적으로 왜곡할 뿐 아니라 흔들리며 교차하는 조명 속에서 또 다른 나의 환상을 만들어 주기도 했었다. 문득, 구즈에서 내가 보고 겪은 모든 것들이 바보거울이 만들어낸 환상의 연출이 아니었나 하는 생각이 들었다. 벌거벗은 채 일상을 찾아 도망친 정인숙도, 대구에 둥지를 다시 튼 사장도, 미쳐야만 자신들을 확인할 수 있었던 그들과 고양이까지…….

나는 서랍 속에서 나비 모양의 머리핀을 꺼내 창틀의 화분 속에 묻었다. 아직 축축한 검은 흙 위로 머리핀의 큐빅 부분이 붉거져 나왔다. 5시 조금 못된 시각의 부드러운 가을 햇살이 넘어들어와 발등을 적셨다.

온몸이 기분 좋게 나른해져 왔다.

잠든 괴물을 깨워 잔혹극을

이소연(문학평론가)

독을 다루는 여인

전아리의 소설은 '누아르'란 단어와 잘 어울린다. 그의 책에서 퍼져 나오는 심상치 않은 기미, 그것은 한낮의 세계에 속한 사람의 것이 아니다. 그의 교의는 폭력과 도착(倒錯)이며, 음모와 사기는 그가 애용하는 주문이다. 때로 그의 소설 속의 작중 인물들은 참을 수 없는 편집증적 기질을 발휘하여 스스로와 독자를 시험에 들도록 만든다. 과연 우리는 어디까지 갈 수 있을까, 언제까지 견뎌낼 수 있을까, 얼마나 허용할 수 있을까. 스스로 충분하다고 여겼던 것보다 조금 더 과도하게 왔다고 느낄 때쯤, 그는 아슬아슬하게 지탱되었던 판을 모조리 털어내 접어버린다. 물론 체불된 욕망은 말끔하게 지불된 후다. 그

252

런 면에서 그는 '프로'다. 악덕과 광기의 리듬을 정교하게 조절할 줄 알고, 중독과 해독 사이에 걸쳐 있는 향락의 비밀을 일찌감치 알아버린. 고통과 쾌감을 가르는 그 치명적인 순간에 대한 지혜는 쉽게 얻을 수 있는 것이 아니다.

그는 사람을 망치기도 하고 매혹시키기도 하는 독의 효능에 대해, 누구보다 잘 알고 있다는 사실을 숨기지 않는다. 따라서 전아리의 새로운 단편집을 읽는 독자라면 먼저 조심해야 할 필요가 있다. 어째서? 그의 소설은 인간이라면 저마다 목숨을 걸고 좇는 '향유(jouissance)'를 향해 소용돌이치고 있기 때문이다. 그는 인간 본성에 자리한 심연 속으로, 마치 나사가 회전하듯이 파고 들어간다. 나사가 더 깊숙이, 더 치명적으로 파고들어 가도록 위에서부터 누르는 그 힘은 우리의 상상을 뛰어넘는다. 이는 한 줌의 향유를 얻기 위해 덤벼드는 괴물의 것이기 때문이다. 자신의 욕망을 좀처럼 포기하지 않는다는 점에서 인간은 때로 야수의 본성을 드러내기도 한다. 그러나 인간이 동물과 다른 점은 쾌락을 추구하고자 하는 본능을 반납하고 스스로를 파멸로 몰아넣는 파행도 적지 않게 저지른다는 점이다. 이때 인간으로 하여금 자신을 망치게 하는 치명적인 향유는 대개 에로티시즘에 물들어 있기 마련이

다. 괴로움 속에서 발견한 특별한 향유야말로 얼마나 진귀한
것인가.

그가 소설을 통해 노리는 것은 가장 순수한 상태의 '공포'
이리라. 우리는 자신이 언제든, 수시로 죽음에 이를 수밖에 없
는 연약한 존재임을 깨달을 때마다 참기 어려운 두려움에 빠
져들곤 한다. 그 위협이 외부에서 오는 경우에는 그런대로 견
딜만하다고 느껴지지만, 매우 가까운 곳에서, 수시로 출몰하
고 있다면 어떨까? 그 두려움의 강도는 비교할 수도 없을 것
이다. 그런데 위험이 자신의 내부에 있을 경우엔? 나 자신이
바로 스스로에게 상해를 입히고 기꺼이 죽음으로 뛰어들게
만드는 원인임을 깨닫게 된다면? 나를 위험에 빠뜨리는 '그
것'을 피할 수도 없고 유예할 수도 없다는 사실을 알게 될 때,
'나'를 통제할 수 있는 '내'가 어디에도 없다는 사실에 맞닥뜨
릴 때, 우리는 그야말로 '멘붕'에 빠지게 된다. 별 이문도 남지
않는 일순간의 쾌락을 위해 자신을 얼마든지 궁지에 몰아넣
고 즐기는 일을 결코 주저하지 않는 기이한 존재, 그것이 다름
아닌 '나'라면?

전아리의 소설은 어쩌면 눈물보다 고소(苦笑)가 먼저 터질
듯한 진상을 우리에게 폭로하고 있다. 정색한 얼굴로 웃기기.

이것이 그가 블랙유머를 다루는 방식이다. 쓰게 웃으면서 자신의 내면에 숨어 있는 검은 욕망을 들여다보기. 이것이 독자들이 전아리의 소설을 즐기는 방식이다. 계약은 성립되었다. 이제 책을 펼치는 독자는 악의로 가득 찬 미소를 머금고 스스로 독을 들이키면서 행복한 궁지로 기꺼이 기어들어가는 인간을 바라보는 일을 멈출 수는 없으리라. 그의 소설은 가학과 피학의 충동으로 일그러진 인간 본성을 비추는 거울과 같다. 일그러진 것은 거울인가, 아니면 그에 비친 우리의 모습인가? 우리는 거울에 비친 우리 자신의 왜상을 들여다보면서, 마음속 가장 깊은 곳에 도사린 진정한 두려움의 실체에 접근하게 된다. 차츰.

무시무시한 대칭성

밤 깊은 숲 속 타오르는 불
어느 불멸의 손 또는 눈이
너의 무시무시한 대칭을 만들었을까?
―윌리엄 블레이크

전아리의 소설은 주/ 종, 가학/ 피학, 문명/ 야만, 인간/ 비인간, 선/ 악과 같은 여러 이분법적 가치들의 경계를 갖고 장난을 벌인다. 작중인물들은 양극단을 넘나들면서 서로 자리 바꾸기 게임을 하느라 여념이 없다. 그 와중에서 아예 한 쌍의 대립항을 나누는 경계선이 유야무야 흐릿해져 버리는 경우도 종종 벌어진다. 한쪽에서는 아예 경계를 나누는 일 자체가 무의미하다는 듯, 경계선이 존재한 흔적을 없애버리려 하는가 하면 다른 쪽에서는 애써 허문 담을 보수하듯 꾸역꾸역 경계선을 다시 나누는 시도를 하기도 한다. 기호학에서 곧잘 사용하는 방식을 빌리면, 앞에서 열거한 대립항들은 간단히 플러스(+) 기호와 마이너스(-) 기호로 다시 표기할 수 있다. 간단히 정리하면 '+/-' 정도쯤? 이런 방식을 따르면 '야만'은 '-문명', '비인간'은 말 그대로 '-인간', '악'은 '-선'이 된다. 굳이 인류학 등의 근거를 참조하지 않아도 인류 문명은 이런 이항대립적 사고체계에 기반을 두고 있다는 상식 정도는 누구나 떠올릴 수 있을 것이다. 어떤 시인은 인간의 가치체계를 정초하고 있는 저 '무시무시한 대칭(fearful symmetry)'에 대해 탄식 섞인 놀라움을 표현하기도 했다. 삼라만상을 둘로 갈라 한 편은 '주인'으로, 다른 한 편은 '노예'로 명명하여 다른 편이 상대를 억압하고 착취하게끔 만든 신은 얼마나 두려운 존재인가.

다시 '장난'으로 돌아가 보자. 전아리가 작품 속에서 벌이는 유희를 곰곰이 지켜보다 보면 위태롭다 못해 오싹해지는 이유가 바로 여기에 있다. 대체 그는 누구를 상대로 장난을 걸고 있는가. 조심. 당신은 시작은 장난 같되, 숨죽여 따라가다 보면 자칫 일생을 망치는 길에 들어섰는지도 모른다. 그리고 바로 그곳에서, 작가는 '－' 기호가 붙어 있는 쪽, 어둠 속에 가려져 음지에 밀려나 있던 마이너스의 힘과 광기를 보여준다. 그가 주목하는 것은 문명의 무대에서 소외된 약자들이 갖고 있는 반문명적인 잠재력이다.

상징적인 제목의 소설 〈플러스마이너스〉를 보자. 작가는 이 소설에 등장하는 두 소년과 소녀의 이름을 한 번도 밝히지 않은 채, 성인이 된 후에도 여전히 '소년'과 '소녀'로 호명한다. 중요한 것은, 이들이 각각 '플러스'와 '마이너스'라는 대립적인 가치를 구현하고 있다는 사실이다. 그리고 둘 사이에 또 하나의 중요한 대립항으로 '남/녀'라는 '성차(性差)'의 공식이 작용하고 있다는 사실을 잊지 않게 해준다. 내내 때리고 괴롭히고 착취하는 소년과, 시종일관 당하고 빼앗기는 소녀의 모습은, 마치 한 쌍의 망치와 모루처럼 조화롭게 존재한다. 중요한 건 이런 게임에는 선인도, 악인도 존재하지 않는다는 점이다.

자신의 향유를 절대 포기하지 않으려는 인간들의 욕망이 만들어낸 이항대립의 틀이 있을 뿐. 이들은 한쪽은 다른 쪽에 폭력을 가하면서 쾌감을 얻고, 다른 한쪽은 한쪽의 폭력을 수용하면서 또 다른 도착적 향유를 얻으면서 아슬아슬하게 대칭을 이루는 것처럼 보이는 무대를 지속시켜 나간다. 〈K 이야기〉에서 이러한 사건은 무엇보다 '성차'를 중심으로 발생한다. 그리고 그 갈등의 중심에는 남성이면서 동시에 여성이기에 그 어느 성차 공식으로도 묶어둘 수 없는 사람, K가 있다. 주인공 '여자'는 생물학적 남성인 K와 사랑에 빠지지만, 소설 속에는 여자처럼 꾸민 모습을 한 K를 사랑하는 또 한 사람이 등장한다. 그는 바로 화자의 아버지다. 주인공은 K를 온전히 소유하기 위해서 그가 남성으로 남기를 간절히 바라지만, 애초에 K는 그런 이분법적인 구분법에 가둘 수 없는 존재다. 의도하지 않았던 사고로 아버지를 죽음에 이르게 한 그녀는, 그를 소유하기 위해 아버지의 성향과 겨루어야 한다는 강박관념에 사로잡혀 있다. "K에게는 온전한 남자이고 싶은 욕망이 없었다. 과거의 그는 이따금 여자가 되기도 했었다. 그녀는 그런 K를 떠올릴 때마다 불안했다. 그가 온전한 남자여야만 그녀 또한 온전한 여자일 수 있었다. 문제는 여자일 때의 K를 사랑하는 사람들이 있다는 것이었다. 그중 한 명이 그녀의 죽은 아버지였다."

　세 사람 사이에 벌어지는 갈등의 모양새를 지켜보면, 이들의 대결이 다시 플러스/ 마이너스라는 이항대립의 모형 위로 차츰 겹쳐지는 것 같지 않은가? 남근을 갖고 있지 않은 주인공이 남근을 소유한 아버지와 겨루면서 자신의 위치를 차지하려면, 아버지로부터 K를 빼앗아 와야만 한다. 그녀는 여성이 되기 위해 K를 필요로 하며, 그를 소유할 수 없다면 차라리 그를 살해하는 편이 낫다고 판단한 끝에, 실행에 옮긴다(아마도 그녀는 이미 K의 관계에서 얻은 아이를 임신했기에, 더 이상 K를 절실하게 원할 필요가 없었을 것이다. 아이는 K를 대신하는 상징적 남근이자, 그녀를 여성으로 고정시켜주는 또 하나의 대상이다). 어느 한 쪽 성으로도 고정시킬 수 없는 K의 존재는, 절대적인 성차는 존재할 수 없다는 '불가능성'에 대한 은유이자 고정불변의 대칭성을 만들어낸 신은 어디에도 존재하지 않는다는 사실을 폭로하는 트라우마 그 자체와도 같다. 〈플러스마이너스〉에서 총알이 장전되어 있지 않은 텅 빈 권총이나, 〈작가 지망생〉에서 훔쳐온 원고 노트가 이리저리 옮겨 다니면서 권력관계를 전도시키는 것처럼 K는 영원히 끝날 것 같지 않은 헤게모니 싸움에 구멍을 내는 것 같은 존재다. 전아리의 소설은 플러스/

마이너스를 규정하는 차이가 사실 아무것도 아니라는 것, 인간의 욕망에 의해 추동된 과잉결정의 산물이라는 사실을 누설하고 있다.

역시 대칭성은 무시무시하지 않은가? 전아리는 이러한 대립을 거스르고 해체해 버리고자 하는 욕망, 그리고 백지상태에서 다시 차이를 발생시키고 권력을 분배하려는 욕망이 얼마나 뜨겁게 우리의 몸을 달구는지 아는 작가다. 그는 가장 격렬한 갈등과 충격, 서스펜스가 이 대립의 경계선에서 날마다 발생하며 재빠르게 인간을 파멸의 한가운데에 던져 넣는지 일찌감치 눈치챈 것 같다. 그리고 줄넘기를 타듯 노래를 흥얼거리며 경계선을 넘나든다. 심심풀이로 고양이에게 돌을 던지고 곤충들을 밟아 죽이는 아이들처럼, 천진난만한 표정으로.

약자의 기예, 혹은 음모

당신이 날 겁탈하지 않으시면

순결해질 수 없나이다

-존 던

한편, 맞고 뺏기고 속는 쪽의 사정을 조금만 살펴보면, 이들의 운명이 그렇게 불행한 것만은 아니라는 생각이 슬며시 드는 것은 왜일까. 죽도록 맞서도 약자의 운명을 벗어날 수 없는 '마이너스' 인생들이 자신의 팔자를 고칠 수 있는 또 하나의 비법이 있으니, 그것은 맞고 밟히고 뺏기는 자신의 처지에서 순전한 즐거움을 발견하는 일이다. 어쩐지 비루한가? 〈오늘의 반성문〉에 등장하는, 이른바 '매를 부르는' 얼굴을 타고난 아이, 정필의 사정을 들어보자. 그가 "구타당하는 기쁨을 맛보는 데 익숙해지는 스스로가 대견했고, 이게 전부 행복한 삶을 살고자 하는 나의 의지에서 비롯되었다는 사실에 자부심을 얻었"다고 고백할 때, 우리는 그의 말을, (전부는 아니더라도) 일부분 믿어주지 않을 수 없다. "노력형 마조히스트"를 자처하고 있음에도 불구하고 어릴 때부터 "어디선가 아버지가 튀어나올 것만 같은 공포"에 몸이 저릿저릿해지고 성적 흥분을 느낄 정도로 비밀스러운 쾌락을 즐겨왔다는 사실을 감안하면, 이러한 기질은 타고나는 것인가? 아니면 약자들이 자신의 상황을 합리화하기 위해 발명한 비굴한 '정신승리법'에 불과한 것인가? 프로이트는 〈마조히즘의 경제적 문제〉라는 글에서 마조히즘이 우리가 갖고 있는 죽음본능에서 비롯된 자연스러운 욕망이라고 설명한다. 주체가 자신을 보존하는 행위 못지않게, 자신을 파괴하는 행위를 통해서도 충분히 리비도적 만족이 발생한다는 것이다.

　그렇다. 마조히스트들에게는 결코 빼앗길 수 없는 비밀스러운 향유가 있다. 마조히스트는 자신이 불행을 겪을 수 있는 권리를 스스로 결정하고, 상대를 통해 이러한 의견을 제안하고, 불행을 감내하는 광경을 타인의 시선을 통해 목격하도록 유도한다. 지젝도 이렇게 말하지 않았는가. "마조히스트는 끊임없이 일종의 반성적 거리를 유지한다. 그는 실제로 그의 감정에 굴복하거나 그 자신을 게임에 완전히 내어주지 않는다(《향유의 전이》)." 마조히스트들은 자신이 만든 정교한 향유의 게임을 관리하고, 집행하는 연출가의 위치를 점유함으로써 강자를 상대하는 게임에서 주도권을 쥐는 데 성공하곤 하는 것이다. 지금쯤, 많은 이들은 왜 '쾌락의 멘토'인 닥터 홍이 정태를 "완전한 마조히스트"로 만들기 위해 매일 '반성문'을 쓰는 훈련을 시켰는지 눈치챘으리라. "비참하고 처절해도 항상 행복한 척하는 걸 잊지 말아라. 그래야 불행이 널 못 보고 지나치니까" 자신이 처한 상황을 반성적으로 반추하고, 그런 자신의 모습을 지켜보고 있는 '큰 타자'의 존재를 의식함으로써, 정태의 마조히스트적 기질은 점점 더 세련된 모습을 갖춰나간다. 마조히즘. 이는 타고 난 본능이기도 하지만 마치 예술

가들의 기예처럼 다듬어야 하는 미학적인 구성물이라는 것이다. 기억하는가? 정태가 닥터 홍에게 직접 곤 사골국물을 들고 찾아가는 장면에 숨어 있는 작가의 블랙유머를. 이 장면은 아버지와 형들이 갈비찜을 게걸스럽게 뜯어 먹는 장면과 정확히 대비를 이룬다. (무심한 듯 삽입된 디테일에 재미있는 복선을 깔아놓는 일은 작가의 장기이기도 하다. 아마도 살코기만 발라 먹는 사람들은, 뼛속 깊은 곳에서 푹 고아낸 국물의 참맛을 즐겨보지 않은 사람이리라.)

이제 조금 마음을 풀어놓고, 약자들이 개발한 또 하나의 기예를 살펴보기로 하자. 〈작가 지망생〉이나 〈K 이야기〉에서처럼, 살아남으려고 결심한 이들이 나름대로 '작가' 혹은 '연출가'의 책략을 흉내 내는 것도 순리이자 윤리가 아니겠는가? 이들을 짓밟는 강도가 세어질수록, 그에 맞서는 방식도 한층 정교해질 수밖에 없으니. 〈작가 지망생〉은 엄마로부터 버림받은 소녀가 조부모의 집에 머물며 경험하는 성장에 관한 이야기이다. 그러나 이 소설에 숨은 또 다른 주인공은 할아버지가 데려온 여인의 원고, 정확히 말하면 다른 문학도로부터 훔쳐내 온 원고 노트이다. 엄마의 부재로 인해 상실감에 빠져 있던 주인공은 그녀에게 묘한 친근감을 느끼게 되고, 그녀의 원고를 몰래 훔쳐 읽으면서 모종의 정신적인 성장을 경험한다. 기이한 것은 그 원고에 적힌 이야기가 조금씩 변형된 채, 현실에서 실현된다는 점이다. 동거하던 남자의 돈을 훔쳐 야반도주를 감행하는 소설 속의 주인공처럼 그녀 역시 거짓말로 할아버지의 돈을 뜯어내 집을 떠나게 된다. 그리고 소설 속 주인공이 함께 살던 노작가에게 자신이 쓴 글을 도둑맞고 마는 것처럼 할아버지는 그녀가 쓴 것으로 짐작되는 원고의 내용을 표절하여 책을 출판하고 만다. 원고를 둘러싸고 사람들은 훔치고 도둑맞는 일을 반복하면서 상대방에 대해 부당한 권력을 행사하려 한다. 그리고 결국 이러한 숨바꼭질 같은 게임은 먹이사슬의 최상위에 있다고 여겨지던 할아버지의 몰락으로 끝을 맺는다. 이 사람 저 사람의 손을 오가며 욕망의 대상으로 여겨졌던 원고는 권력구조의 아래에 있던 여자에 의해 전복의 도구로 활용된다.

만일 〈K 이야기〉가 "삐-/ 탁"이라는 의성어와 함께 성급하게 막을 내리지 않았다면, 나는 이 소설을 두세 번 다시 읽지 않았을지도 모른다. 작가는 이 소설의 첫 장면에서, 이 소리가 비디오 플레이어의 작동이 멈추고 텔레비전의 전원이 끝날 때 나는 것임을 알려준다. 만약에, 이 소리로 인해 독자가

영화감독을 꿈꾸는 소녀의 상상력에 의해 덧칠된 이야기라는
사실을 눈치채고 만다면, 과연 소설은 두 개의 버전으로 읽혀
야 할지 모른다. 불의의 사고로 아버지를 잃고 고아가 된 소녀
가, 성도착자인 연인으로부터 버림받고 아이까지 임신한 처
지라면, 이 가여운 팔자를 받아들이기 위해 무엇을 할 수 있을
것인가? 그녀의 시선을 통해서, 독자는 성차의 헤게모니를 둘
러싸고 벌어지는 투쟁에서 가장 마지막까지 살아남은, 잔혹
드라마의 주인공을 '본다.' 약자들의 꿈에는, 냉혹한 현실을
자리바꿈할 수 있는 잠재력이 존재한다. 그것은 때로 얼마나
무시무시한가.

공포를 가르쳐드립니다

시간은 짧으니,

진정으로 괜찮은 사람은 아무도 없어라

인생은 빠르게 지나가고 죽으면 그만이구나

-스티븐 킹

그렇다면, 오랜 시간 동안 눌려 있던 잠재된 힘은 언제 우
리 앞에 모습을 드러내고 폭발할 것인가. 전아리의 소설은 이
러한 질문을 중요한 서스펜스 장치로 활용하고 있다. 우리는

이 세계가 한쪽이 다른 쪽을 억압하는 구조로 이루어진 부조리한 곳임을 알지만, 당장에 이 모순이 해결되거나 순식간에 망해버리지 않으리라는 것도 잘 알고 있다. 이와 마찬가지로 작가는 언젠가 폭파되고야 말 고장 난 기계를 갖고 노는 장난을 멈출 생각이 없어 보인다. 그는 파국을 조금씩 유예시키면서 서스펜스를 쌓아올리고 최대한의 압력을 동원해 마침내 깨뜨려 버리는 순간, 발생하는 놀라움을 노리고 있다. 그리고 그 순간은 그동안 가려져 잘 보이지도 않던 '마이너스'의 존재가 화려하게 등극하는 순간이다.

작가의 솜씨는 인간의 마음 깊숙한 곳에 자리한 두려움을 다룰 때 가장 이채롭게 빛난다. 여기서, 공포를 불러일으킬 때 사용한다는 스티븐 킹의 수법을 길잡이 삼아 하나씩 따라가 보기로 하자. 첫 번째는 구역질을 유발하는 혐오감의 단계다. 새로 이사 온 집에 마련해 둔 깨끗한 침대 시트 위에 올라앉아 있는 시커먼 쥐(《쥐》), 지하실 방에 숨어 있는 야수 같은 아이의 모습(《재이》), 화장실을 엿보고 있는 끈적한 사내의 눈빛(《거울 속으로》)은 생각만 해도 우리를 메스껍게 한다. 그다음 단계는 우리의 신체적 반응을 동반하는 호러(ho ror)의 감정이다. 옷장 속에서 새끼를 친 쥐새끼들이 쏟아져 나오는 장면,

어린아이에게 폭력을 가하여 동물처럼 훈육시키고, 괴물처럼 성장한 아이가 평온한 부르주아 가정에 침입하여 위해를 가한다고 상상해보라. 이러한 장면 앞에서는 누구라도 고개를 돌리고 도망치려고 할 것이다. 그러나 가장 정교한 감정인 테러(terror)의 단계에 이르면 역겨움보다 이성이 먼저 작용하게 된다. 〈쥐〉가 주는 진정한 공포는 '쥐'가 아니라 서로 속고 빼앗기에 여념이 없는 인간 세상의 적나라한 모습이다. '인간은 다른 인간에게 쥐다'라는 결론 앞에서 우리의 마음은 얼어붙고 만다. 또한 한 인간이 다른 인간에게 그토록 비참한 폭력을 행사할 수 있다는 사실(《재이》)이 우리의 눈을 멀게 한다. 어두운 곳에 숨어서 훔쳐보는 변태의 시선보다 두려운 것은 거울을 통해 마주 보는 사랑스러운 연인의 시선이라는 사실은 우리에게 진정한 공포를 준다. "그날 미용실에서 거울을 통해 당신을 확인하던 순간, 나는 당신의 눈에 휘몰아치던 홀 속에 빨려 들어갔던 내가 다시 토해져 나오는 것을 보았다(《거울 속으로》)." 그리고 더욱 두려운 것은 작중인물들의 다양한 파행과 죄악으로 인해 일상생활의 평온을 찢고 침투한 죽음의 징후들이다. 그리고 자신 내부에 있는 '죽음충동'이라는 괴물이 눈을 뜨고 자신을 잠식할지도 모른다는 예감이다.

그러나 전아리의 소설은 이러한 공포의 작인(作因)에 대해
진부한 논전을 벌이는 데 시간을 허비하는 법이 없다. 가끔 그
는 독자와 다음과 같은 흥정 혹은 내기를 벌이려 하는 것처럼
보인다. '자, 우리가 상식이라고 믿어왔던 것을 깨뜨려 보기
로 합시다. 그럼 당신은 어디까지 견딜 수 있을까요?' '늑대소
년' 스토리를 역전시켜 놓은 듯한 소설, 〈재이〉는 부르주아 가
정에서 벌어지는 죄악에 대해, 암묵적인 동조자인 식모의 입
을 빌려 폭로하고 있다. 소설이 진행될수록 어린 고아 소년 재
이에게 가해지는 가족들의 학대는 점점 심해 가고, 이에 따라
재이의 비인간화는 점차 가속화되어 간다. 가해자와 피해자,
양쪽에서 진행되는 타락의 정도는 우리가 상식이라고 여겨온
한계선을 매번 갱신하고 극단을 향해 치달을 무렵, 파국으로
끝을 맺는다. 일찌감치 우리는 이 소설이 우리 인간의 본성과
문명 전체를 고발하는 우화가 되리라는 사실을 눈치챈 바 있
지만 문제는, 거기서 그치지 않는다. '과연 어디까지?' 재이가
자신을 학대한 가족을 모조리 살해하고, 화자인 식모마저 찾
아내 죽여 버렸다는 것은 서사적으로 매우 중요한 의미를 갖
는다. 학대받던 재이와 그를 지켜보던 독자의 히스테리가 압
박의 절정에 이를 무렵 작가와 재이는 우리에게 이 불쾌한 이

야기를 들려준 '입'을 살해함으로써 독자에게 가까스로 카타르시스를 안겨준다.

결국 모든 것은 소설에 불과하다. 그 소설이 숨겨진 인간의 광기에 대한 이야기를 통해 우리 안에 있는 괴물들을 해방시킨다고 해서 그 책임을 작가에게 돌릴 수는 없지 않은가? 괴물은 원래부터 살고 있던 것이고 그에게 먹이를 주어 키운 사람은 우리 자신이다. 전아리의 소설은 단지 그 공포를 매개할 뿐, 잠시 우리를 방문했다 떠나가는 한철의 악몽은 잊으면 그만이라는 사실은 우리에게 어떻게든 위안을 준다.

저기, 저 덤불 아래에서 혹은 옷장 속에 숨어 우리를 기다리고 있는 것은 무엇인가?

하지만 괜찮아요. 이야기는 당신을 해치지 않는답니다.

그저 즐기다 가십시오.

이 책에 실린 소설들은 폭력을 주제로 하고 있다. 폭력의 여러 주체가 등장하지만 가장 얘기하고 싶었던 것은 무한한 시간의 폭력성이었다. 마치 우리 자신인 것처럼 삶에 스며들어 의식을 조종하는 시간의 무자비함. 우리가 모르는 사이 우리의 무의식과 거래하는 교묘함.

나는 전부터 욕망과 폭력에 대해 관심이 많았다. 소설집에는 폭력의 해학과 미학에 관한 작품도 두어 편 실렸다.

대부분의 폭력은 고통을 동반한다. 총천연색의 통증.

고통 앞에 무너지는 건 별로 질책받을 만한 일이 아니라고 생각한다. 때때로 견딜 수 없을 만큼 힘든 일이 있으면 도망치거나 그냥 주저앉아 버리라고 권하고 싶다. 맞서서 한계를 뛰어넘는 재미도 좋겠지만, 때론 도피하는 즐거움도 나쁘지 않다. 도피는 포기와는 다르다. 언제나 견디고 버텨내야 한다는 강박 또한 스스로에 대한 폭력이다.

하루는 낯선 길에서 정신을 잃었다. 그날부터 흐르기 시작한 피가 아직도 멈추지 않고 있다. 내 영혼에서 흘러나오는 싱싱하고 검붉은 피를 보며 스스로에 대해 끊임없이 자문하는 중이다. 사유하고 상상할 때면 내 피는 콸콸 샘솟는다. 기세 좋게.

항상 느끼는 거지만 살아 있다는 건 경이로운 일이다. 나는 인생에 '성공'이란 수식어를 붙이는 사람들을 좋아하지 않는다. 성공과 실패로 인생을 가름하는 건 경솔한 짓이다.

잠잠할 날 없는 나를 아껴주는 가족들과 소중한 사람들에게 고맙다. 특히 어머니께 감사한다. 어머니는 아름답고 귀여운 여인이며, 내가 가장 존경하는 분이다.

이번 책은 어머니를 위한 것으로 하고 싶다.

2012년 가을

전아리

전아리 1986년 서울 출생. 현재 연세대학교 철학과에 재학 중. 천마문학상, 계명문화상, 토지청년문학상 등을 수상했으며, 2008년 《직녀의 일기장》으로 5천만 원 고료 제2회 세계청소년문학상을, 2009년 《구슬똥을 누는 사나이》로 제3회 디지털작가상 대상을 받았다. 소설집 《즐거운 장난》, 장편소설 《시계탑》《팬이야》《김종욱 찾기》《앤》 등을 출간했다.

주인님, 나의 주인님

1판 1쇄 인쇄 2012년 11월 1일
1판 1쇄 발행 2012년 11월 8일

지은이 · 전아리
펴낸이 · 주연선

책임편집 · 오가진
편집 · 이진희 정종화 박은경 박나리 최소라
디자인 · 홍세연 김서영
마케팅 · 장병수 김한밀 오서영
관리 · 김두만 구진아 유효정

도서출판 은행나무
121-839 서울특별시 마포구 서교동 384-12
전화 · 02)3143-0651~3 ｜ 팩스 · 02)3143-0654
등록번호 · 제 10-1522호(1997. 12. 12)
www.ehbook.co.kr
ehbook@ehbook.co.kr

잘못된 책은 바꿔드립니다.

ISBN 978-89-5660-658-3 03810